Till Jan

Ulla Linse

Om kärlek på äldre dar

www.ullalinseslitteratur.se
Foto: Susanna Agerius
Förlag: BoD – Books on Demand, Stockholm, Sverige
Tryck: BoD – Books on Demand, Norderstedt, Tyskland

ISBN: 978-91-8007-976-1

Ingemar tittade på pärmen som Gudrun gett honom

"Du vill att jag ska läsa allt det här?"

Hon gav honom en nick medan hon spände ögonen i honom och log. Han skummade igenom några sidor och slog sedan igen pärmen. Hon tittade på honom och log fortfarande mot honom. Det blir svårt men jag måste ändå säga vad jag tycker tänkte han.

"Inte ska du skriva om såna hemska saker", sa han.

"Vad ska jag då skriva om?" sa Gudrun.

Hon ryckte pärmen från honom, gick ut och smällde igen dörren. Ingemar satt kvar och tittade på dörren. Vad hade han ställt till med? Hur skulle han rätta till det?

Gudrun gick runt kvarteret med hastiga steg. Hennes livsverk hade han fördärvat. Alla livserfarenheter som hon ville dela med sig. Hon måste fortsätta men inte blanda in honom.

När hon kom tillbaka kramade Ingemar om henne.

"Du skriver bra men du kunde väl skriva om oss istället? Hur vi möttes och har det bra."

Gudrun tänkte efter. Det ligger nog i tiden att skriva om när äldre möter kärleken. Då skulle hon hålla på med två projekt samtidigt. Hon nickade och sa:

"Det är under förutsättning att du läser igenom texterna."

"Då blir det ett projekt vi får ha tillsammans", sa han och drog henne till sig.

Ingemar ville hålla för sina öron. Berit hans före detta makas röst var gäll och ekade i den tomma lägenheten. Hon stod på stadiga ben och höll hårt om de ägodelar hon gjorde anspråk på. Hans hög var ansenligt mindre. De hade haft långa slitsamma månader bakom sig med var sin advokat. Berits ögon hade tittat hoppfullt på än det ena och än det andra. Ingemars urlakade väsen hade gått med på mycket.

Det första han gjorde när han var på landet var att köra iväg dubbelsängen på tippen. Inga fler fruntimmer får någonsin komma över min tröskel, tänkte han.

Gudrun granskade de tomma hyllorna. Det skar till i hjärtat på henne. Varför hade han tagit hennes favoritservis? De hade åtminstone kunnat dela upp den efter skilsmässan. Hon fortsatte in i lägenheten. De böcker och prydnadssaker hon tyckte bäst om var borta. Han visste vad hon gillade. Det var inga dyrbara saker men en del av hennes person och det var det han ville komma åt.

Hon satte sig i soffan och började gråta över förlusterna. Ansiktet blev alldeles vått. Hon måste hitta en annan strategi i sin tillvaro. Inte hänga upp livet på prylar.

Ingemar vaknade av att han kallsvettades. Han hade haft en dröm, som vanligt om pappa, nu som ordförande i partilokalen. Där var det halvmörkt och det rådde en dyster stämning bland partikamraterna. Pappa hade gått igenom punkterna. Sedan var de hos mamma som bjöd på isterband och potatismos, Ingemars älsklingsrätt. Föräldrarna hade lyssnat på Ingemar när han berättade om skolan och sitt fritidshus ute på Österlen. Förra söndagen hade han samlat löv i sopsäckar och sedan kört dem på tippen.

Han vaknade när mamma hade sagt:

"Du har varit ensam alldeles för länge. Du borde göra något åt det."

Gudrun öppnade dörren till sin mors lägenhet. Hon möttes av doften från stekt ankbröst och tillhörande kryddor: apelsin och vitlök. I köket stod mamma och stödde ena armen på rollatorn och rörde i grytan med den andra.

"Kan du tända ljusen i mässingsljusstakarna?"

"Men de har inte varit tända sedan far dog?"

"Nu känner jag för det men det har tagit sin tid att vänja sig vid att vara utan honom."

"Det är bra att vara ensam. Man kan bestämma över sitt dygn, endast jobbet kräver att man tar hänsyn. "

"Hoppas du får tillfälle att omvärdera det."

9

Ingemar var nöjd för hemma var det ordning och reda överallt. Det var alltid städat i hans två bostäder och i hans bil. Trädgårdarna var perfekta. Häckarna klipptes varje år och han var stolt över hur rakt och fint det blev. Det fanns inte något ogräs i rabatterna. Hans syster sa en gång att han inredde sina trädgårdar med passare och linjal.

Att vara lärare var jobbigare. Eleverna var oroliga och presterade sämre än förr. Det såg han på proven. Men han trodde att de gillade honom. Det gjorde däremot inte chefen. Denne hade varken Ingemars fackutbildning eller någon chefsutbildning.

Gudrun hade för några år sedan varit sjukskriven på grund av psykisk ohälsa men livet hade tagit en bättre vändning. Nu hade hon jobb, fritidssysselsättningar och några vänner.

Men det var hektiskt på jobbet och på kvällarna blev det sent med bridge. Hon gick på bio med väninnan Sara och fikade efteråt. De hade långa samtal om livet.

Gudrun hade en mor som krävde att hon åt söndagsmiddag hos henne.

På nätet hade hon träffat Bengt. Ofta pratades de vid i telefon. Bengt hade utbildning i psykologi och lyckades ofta lirka ur henne mer än vad hon ville. Det lättade men kändes inte rätt att det var just han som fick kännedom om hennes inre liv.

Ingemar hade varit ensam i femton år. I början var det skönt. Han var trött och besviken på de kvinnor han lärt känna, först hans fru och sedan särbon. De pratade så mycket att relationerna gick sönder. Han hade aldrig fått några barn och det sörjde han. Nu var det försent tyckte han.

Men nu tänkte han annorlunda när det gällde kvinnor. Grannfrun var väldigt trevlig och tog lite hand om honom. Men hon var mycket yngre och hon var gift. Han längtade nu efter någon att ta hand om. Hon skulle inte alltid prata utan ta sig tid att lyssna på honom.

Gudrun satt mitt emot Dorotea, ett medium som ansågs vara trovärdig. Väggarna var målade i svagt violett. I fönstret hängde det änglar i olika storlekar. Mediet bredde ut en massa tarotkort på bordet mellan dem.

"Du ska ta fem kort med vänster hand", sa hon.

Gudrun plockade upp korten. Hon vände dem och tittade. Där var många klädda kort. Ett föreställde en man och en kvinna med ett hjärta mellan sig.

"Du kommer snart att träffa en man och det blir mycket bra."

Gudrun, träffa en man?

Dorotea hade mycket att säga, men detta var det enda Gudrun kom ihåg.

Ingemar satt hemma hos grannfrun. De pratade om hur man träffade kvinnor. Han hade träffat sin fru på jobbet och den andra genom en kontaktannons. Grannfrun föreslog nätet. Hon hjälpte honom att fylla i formuläret. Ingemar letade efter någon som gillade klassisk musik och opera och hon fick gärna löpträna. För att få fler träffar skulle han inte bry sig om hon var tjock. Hon fick väl banta när de hade träffats.

Sedan gick han till slöjdläraren som tog några kort. Han lyckades bra för Ingemar skrattade på det ena. Nätannonsen sattes in.

Hoppas få svar från någon som kan lyssna tänkte han.

Gudrun kände inte för att åter försöka med dansgolvet eller kontaktannonser. Det fick bli nätet. Var detta lönt? Var hon intresserad? Hennes liv var bra som det var.

Men hon fyllde i formuläret. Det var bäst att inte skriva ut yrke, bara att man utförde behandlingar. Vikten? Det var ett känsligt problem. Hon fyllde i intressen: bridge och klassisk musik bland annat och la ut det foto hon hade. Tyvärr såg hon sur ut på det.

Sedan kollade hon på jämnåriga män. En gillade bridge, opera och klassisk musik och brydde sig inte om kvinnors vikt.

Till honom skrev hon.

Ingemar väntade i veckor men där kom inget svar. Han följde sina rutiner med jobb på dagarna, löpträning två gånger i veckan och styrketräning lika ofta. På helgerna åkte han till sitt fritidshus i Lyckeby. Nu på vintern var där inte mycket att göra, men det var skönt att bara vara där.

En söndag när han kom hem fanns där ett svar på nätet från en kvinna. Hon gillade sitt kök. Bra. Hon kunde spela bridge och tyckte om klassisk musik. Och hon behandlade. På vilket sätt? Det lät skumt. Han skrev och undrade om hon kunde behandla hans onda rygg.

Gudrun tittade någon gång, inte varje dag om hon hade fått svar. Inte ännu.

Hon slet på jobbet varje dag med ömsom trevliga, rara patienter och ömsom besvärliga och krävande. Hon åt söndagsmiddagar hos sin mor, gick på bio med Sara med fikastunder och snack efteråt. Bengt från nätet ringde ibland och de pratade länge med varandra. Han hotade med att någon gång dyka upp spontant. Han ville träffa Gudrun mitt i hennes röriga hem.

Några dagar senare fick hon svar: Jag har ont i ryggen. Kan du behandla mig?

Det skulle hon väl kunna för hon var sjukgymnast.

Ingemar uppskattade att han hade fått kontakt. Hon verkade helt ok. Det var bra att hon var sjukgymnast för då skulle hon kunna hjälpa honom. Men hur skulle de träffas? Tänk om det då inte alls var rätt person? Han fick en idé. De skulle kunna gå på konsert tillsammans. Hon hade skrivit att hon gillade klassisk musik. Han hade två tillfällen bokade. Han föreslog att de skulle träffas då. Hon kunde det ena datumet. Han skrev var han skulle sitta och det gjorde hon också, så kunde han träffa henne i pausen. Då skulle de kunna prata med varandra.

Gudrun kom till dagen då hon skulle träffa Ingemar på konserten. Hon visste var han skulle sitta. I konsertsalen gick hon förbi Ingemars stolsrad men han hade ännu inte kommit. Hon lyssnade på en pianokonsert av Mozart. Pianisten var mycket skicklig.

I pausen trodde Gudrun att hon gick bakom Ingemar när de gick ut, men hon tappade bort honom. Hon sökte överallt och tittade många män i ögonen, men ingen liknade Ingemar. Inte förrän hon kom tillbaka och granskade hans stolsrad fick de ögonkontakt. Ingemar gick fram till henne. Alla i stolraden måste resa sig.

"Vi ses efter konserten", sa han.

Ingemar blev nyfiken på Gudrun. Det hade gått bra att träffa henne. Hur kunde de fortsätta? Inte för bråttom. Nu måste han koncentrera sig på vardagen. I helgen åkte han ut på landet och rättade skrivningar. Det tog tid. Chefen tyckte han var sträng och gav dåliga betyg, men det hade gått inflation i betygen tyckte Ingemar. Han var i varje fall bra på att undervisa. Ingemar försökte koncentrera sig på rättandet, men tänkte ibland på Gudrun. Han kände sig glad. Nu behövde han kanske inte vara ensam. Om några dagar skulle han kunna ringa henne. De kunde gå ut och äta någonstans.

Gudruns mor var inlagd på ortopeden med ett brutet ben som var gipsat. Hon var mycket förargad över det och Gudrun försökte muntra upp henne på sjukhuset med en räkmacka och en flaska vin. Det ringde i Gudruns mobil.
"Hej det är jag. Vi kunde gå ut och äta någon gång."
De kom överens om en dag.
"Vem var det?" frågade hennes mor.
Gudrun fick berätta det lilla hon visste om Ingemar.
"Finns där något kort på honom?"
Gudrun visade henne ett som fanns i mobilen.
"Han ser glad och trevlig ut", sa hennes mor. "Det ska bli spännande att höra mer om honom."

Ingemar tog tåget in till Malmö. De skulle träffas på Lilla torg. Där stod Gudrun och väntade.

"Vart går vi nu?" frågade han.

"Jag brukar inte gå ut och äta, så egentligen vet jag inte", sa hon.

"Där är en italiensk restaurang. Jag gillar den sortens mat", sa han och tänkte att det nog inte kostar skjortan. Snart satt han mitt emot henne vid bordet. Hon hade håret i page och så lång lugg att man knappt kunde se hennes ögon.

"Nu måste vi prata om oss själva", sa han.

"Jag brukar inte säga mycket", sa hon.

Jag ska nog få henne till att säga något tänkte Ingemar.

Gudrun betraktade Ingemar. Han hade vackra blå ögon, stor näsa och kortklippt vitt hår.

"Det är min vinterfrisyr. På somrarna är det ännu kortare."

Han började prata om jobbet som lärare. Han verkade duktig och engagerad, men där var problem med ledningen. Han var fritidspolitiker för ett parti som hon aldrig röstat på.

Ingemar hade abonnemang på konserthuset och kunde spela bridge. Fast det var länge sedan.

"Nu är det din tur att prata", sa Ingemar.

Ja, vad skulle hon säga? Hon började prata om jobbet och sedan flöt det på.

De bröt upp sent.

Ingemar måste ta sig tid att smälta denna trevliga kväll. Bara göra det vanliga vardagliga ett tag.

Efter några dagar tänkte han att det snart var Alla hjärtans dag och han hade aldrig uppvaktat en dam den dagen. Nu hade möjligheten kommit. Alla sa att han var bra på att uppvakta med blommor. Han gick till sin blomsteraffär och valde ut en bukett med lila tulpaner. Det var passande till henne och för detta tillfälle. *Tack för en trevlig kväll,* skrev han på det bifogade kortet. Sedan gick han hem och hoppades på att höra av henne dagen därpå.

Gudrun räknade dagarna som gick utan att höra av honom. Varför? Alla hjärtans dag skulle hon till Lund på en föreläsningsdag. Det ringde i hennes mobil.

"Vi skulle lämna blommor till dig", sa någon.

Vem skickade blommor till henne? Det kunde vara Ingemar eller Bengt. Gudrun visste från vem hon ville ha blommorna.

Timmarna segade sig förbi, hon ömsom våndades och hoppades. När hon blev hemskjutsad hade kollegorna mycket att prata om för de tyckte dagen hade varit givande. Det dröjde innan hon kunde ta trapporna upp till hemmet.

Utanför dörren stod tulpanerna från Ingemar.

Ingemar tyckte att många dörrar hade öppnats, som att gå på bio och uppleva opera från Metropolitan i New York! Ta upp bridgen på nytt? Kanske till och med åka till Italien för att sitta i en vingård, ta ett glas vin och titta på utsikten. Gå i Evert Taubes fotspår i Argentina och äta deras blodiga biffar. Men framför allt att inte vara ensam, att ha någon som lyssnade. Åka tillsammans ut på landet och bara vara där! De kunde fika ihop och laga middagar tillsammans. Köket var trångt men de skulle nog få plats där.

Gudrun kände en enorm trygghet. Det var som att komma hem. Hans sätt att prata påminde om hennes far. Och han var lika ordentlig som hennes mor. Han var uppvuxen på landet som hennes föräldrar så där var något som kändes igen. Det märktes att han var lärare för det var lätt att förstå när han förklarade något. Vare sig man ville eller inte så fastnade det. Han kunde sina pedagogiska tricks. Ingemar sa att han ville ta hand om henne. Men hon fick nog ta hand om honom också. Han blev hennes patient och hon fick bli hans elev.

Ingemar njöt av den nuvarande friden men han hade inte berättat för henne om alla sina sjukdomar. Han hade pratat om löprundorna och att han styrketränade där hemma. Hans frukostar var hälsosamma: ett halvt äpple från trädgården, en bit morot och smörgåsar bestående av mörkt bröd, ost och leverpastej.

Men Ingemar hade inte berättat om sin dåliga mage, fläcken på lungan och alla mediciner som han tog. Det var många för magen, lungorna och även något antidepressivt som han börjat ta i samband med skilsmässan. Ingemar tyckte om när doktorn gav honom det gula receptet på medicin.

Gudrun undrade hur hon skulle kunna berätta för Ingemar om hennes fleråriga sjukskrivningar och att hon några gånger varit tvångsinlagd för psykoser? Och tänk om hon blev sjuk nu när de hade träffats? Hon bar sig alltid så konstigt åt när hon var sjuk. Många hade tyvärr sagt upp bekantskapen med henne.

Han verkade tro på allt som läkarna sa och hon var mer tveksam. Gudrun var väl insatt på detta område och tyckte man måste känna efter själv vad som var bra. Det räckte inte med den traditionella medicinen. Ibland var sånt som tro, hopp och kärlek viktigare.

Ingemar hade tryckt ut biljetter till operan Salome på Malmö Opera. Recensionerna var fina. Nu stod Gudrun och väntade på honom utanför. De fick platser långt bak. Det var vacker musik och sopranen hade en fantastisk röst. Hon svängde sina höfter i en dans för att få Johannes huvud på fatet.

Ingemar tittade åt sidan på Gudrun. Men vad nu då? Hon sov. Gör man det på operor? Lite försiktigt knuffade han till henne. Hon skakade till yrvaket och log mot honom. Sedan somnade hon om en gång till, men då lät han henne vara. Hon måste vara mycket trött.

Gudrun satt bredvid Ingemar och såg på Salome. Sopranen sjöng vackert och hon var förförisk mot Johannes. Men Gudrun var så trött, det var rogivande att sitta bredvid Ingemar och lyssna på vacker musik. Hon nickade till och då knuffade han till henne.

Efteråt sa han:

"En bra föreställning, dansen var fantastisk och den missade du. På opera ska man inte sova."

Sedan böjde han sig fram och gav henne en lätt puss på munnen.

"Det skulle vara roligt att se hur du har det där hemma hos dig."

"Naturligtvis är du välkommen hem till mig", sa Gudrun.

Ingemar tyckte det var knepigt att hitta till Gudrun. Men han lyckades tack vare hennes utförliga beskrivning. Hon bodde i en gammal lägenhet från 50-talet. En sådan bostad skulle han inte välja. Han ville bo i något nybyggt. Hon hade renoverat kök och badrum. Köket var mysigt. Det luktade fisk i lägenheten. Hennes fläktar fungerade inte bra. Han fick lägga ytterrocken i hennes sovrum. De satte sig till bords. Hon hade lagat mycket mat. Sådana mängder kunde han inte få i sig och det var mat som han inte brukade äta. Men hon var duktig och det var gott.

Gudrun satt mitt emot Ingemar i sitt kök. Hon hade mysbelysningen på och på bordet fladdrade ett stearinljus. Han tog inte så mycket mat. Då kunde hon inte heller ta någon stor portion. De pratade om sina älsklingsrätter. Han gillade isterband, sillar och fläskstek. Vidare pratade han lyriskt om alla långkok som fanns förr i tiden såsom kalops och dillkött. Men ärtsoppa hatade han. Jaha, tänkte hon, undrar om han gillar den sortens mat hon lagade. Han kanske vänjer sig. Annars fick hon väl lägga om sin matlagning och satsa på det mer traditionella. Det kunde också bli kul.

Ingemar harklade sig och sa sedan med låg röst:

"Det var så länge sedan som jag hade en relation. Femton år är en lång tid."

"Det är ungefär så länge som jag också har varit ensam", sa Gudrun.

"Men dig Gudrun, tycker jag verkligen om. Där verkar vara bra kemi mellan oss."

"Det är fint när du tar i mig, Ingemar."

Han böjde sig över Gudrun och började kyssa henne. Snart låg de omslingrade kring varandra på soffan. Känslor som legat i träda kom nu upp. De hade mycket att ta igen.

"Det är väldigt obekvämt här", sa Ingemar.

Gudrun lösgjorde sig från Ingemars armar och gick in i sovrummet.

Där tände hon alla stearinljus. Det var längesen som hon gjort det. Nu var det som en ljusgrotta med en egen puls av alla de flammande ljusen.

Ingemar ställde sig i dörröppningen och tittade förvånat.

"Så här har jag aldrig älskat förr, men det känns spännande", sa han.

De nästan ramlade på sängen i varandras armar. Så småningom frigjorde de varandra från sina klädesplagg som hamnade i en hög på golvet. De kröp ner i sängen. Det var som om Gudrun svävade i luften hela tiden.

Ingemar kände igen spelledaren på Gudruns bridgeklubb. Det var en gammal kollega på hans skola. De började pratade gamla minnen.

Sedan satte han sig mitt emot Gudrun och de gick igenom strategin för denna match. Mycket hade ändrat sig sedan han spelade sist. Om han skulle fortsätta fick han gå på kurs igen. De skrev ner enklast tänkbara systemdeklaration.

Sedan började de spela. Det gick riktigt bra och Gudrun var duktig. De förstod varandra. Tävlingsledaren tittade då och då till dem och log uppmuntrande.

Kanske tittade medspelarna undrande på honom. Men de fick vänja sig. Jag kommer hit fler gånger tänkte han.

Gudrun hade hört att man inte bör ha sin livskamrat som partner när man spelar bridge. Då är det bäddat för bråk. Men så var det inte för dem. Lugnt och metodiskt tog de sig igenom givarna. Ibland kom Ingemar med kommentarer om hur han tyckte hon borde ha spelat.

En gång blev han upprörd över att han inte lyckats spela hem en lillslam i hjärter. Motståndaren förklarade lite roat hur han borde ha spelat.

Deras medspelare tittade förvånat för de var inte vana vid att Gudrun tog med sig en främmande man och dessutom en som kunde spela bridge.

Ingemar höll på med sin vanliga löprunda. Sex kilometer två gånger i veckan skulle man springa för att må bra. Då kunde man vara med på de olika lopp som hölls varje år: såsom det på landet, blodomloppet och nyårsloppet. Det gick långsammare för varje gång, men det fick man acceptera.

Allt knoppade och spirade. Det var ljummet i luften. Ingemar bröt av ett litet bokblad och höll det framför sig när han sprang. Han tittade bara på det och flög fram över rötterna på den lilla stigen som slingrade sig fram. Hans stora hand om det lilla ljusgröna bokbladet.

Gudrun ville att de skulle gå till bords
"Det får vänta för nu ska jag träna. Det går före allt annat."
"Det är svårt att hålla just denna mat varm", muttrade hon.
Men han hade börjat. Theraband, gjutjärnspannan och halvfyllda vattenflaskor var redskapen.
"Det går för fort, du ska göra det meditativt och inte upprepa så många gånger."
Men han fortsatte som vanligt.
"Då kan jag köra Basal kroppskännedom", sa hon och lade sig med fötterna mot väggen.
Han tittade förvånat på henne och sa:
"Ta den andra väggen. Den är inte fullt så ömtålig."
Hon försökte hitta den mentala närvaron medan han svängde sina vattenflaskor.

Ingemar måste göra det verkligt fint i Lyckebo för nu var det Gudruns tur att komma dit. På våren var allt till sin fördel. Han städade hela huset och gjorde sedan i ordning i trädgården. Gräsmattan måste klippas och i rabatten fick inte ett enda ogräs finnas. Helgen därpå körde de ut tillsammans. Ingemar körde på de små vägarna. Han tyckte bäst om att åka förbi den lilla bokskogen. De stannade till där. "Böckerna är utslagna", sa han. Hon fnittrade till. Den lilla sjön glittrade genom bokarnas bladverk. De åkte vidare. Denna gång passerade inga hjortar eller vildsvin vägen.

Gudrun kände med bar fot på den mjuka nyklippta gräsmattan. I rabatterna fanns inget ogräs. Ingemar öppnade dörren till stugan. Det var fejat och putsat överallt. Sedan gick de till förrådet. Innan Ingemar öppnade sa han:

"Nu måste jag erkänna en liten last hos mig."

Han öppnade dörren. Där låg hundratals plastsäckar med Sydsvenskor. Det fanns etiketter på varje påse.

"Dessa har jag samlat sedan 2003. Nu läser jag dem gärna."

De gick ut och tittade på huset. Plötsligt sa han:

"Ser du vinklingen i takåsen? Jag tror huset håller på att brytas mitt av på grund av tidningarna. Hoppas hantverkaren kan åtgärda det."

Ingemar var lättad. Nu när de kände varandra kunde man gå klädd lite hur som helst. På landet hade han bara trasiga kläder, såsom hål i tröjor och sönderrivna shorts. Först såg Gudrun lite förskräckt ut men sedan erbjöd hon sig att laga kläderna. Det var bra att hon hjälpte honom med hans favoritväst.

Det var dyrt med kläder så bara om det var absolut nödvändigt gick han och handlade. På Dressman hade de utmärkta kläder och ofta av bra kvalitet. Så räckte pengarna till två hus och en bil. Han skulle ju snart bli pensionär.

Gudrun fick en annan inställning till kläder när hon träffat Ingemar. Slutade bära tuffa kläder. Han representerade nog den romantiska typen som gillade blommor och hjärtan. Hon måste matcha honom. Det blev en del nya klädinköp. Men det verkade som om han inte såg det. Någon enstaka gång fick hon en komplimang och då var det inte första gången som hon bar just det plagget.

Ingemar hade inte heller koll på vad det var hon stickade. Hon skulle nog kunna sticka en hel tröja till honom utan att han lade märke till det. Det fick bli ett framtida projekt.

Ingemar såg Gudruns bestämda min.

"Min mor vill träffa dig. Hon är hur nyfiken som helst", sa hon och tittade mycket uppfodrande på honom.

Ja, hur gör man med närstående när man har träffat någon och har kommit till åren? De kom överens om ett datum. Hennes bror skulle också vara med.

Han kom till moderns radhus och möttes av en parant kvinna. Håret var nylagt och dräkten satt oklanderligt på henne. Men hon gick med hög rollator och kunde inte släppa den. Det visade sig även att hon höll mycket väl reda på allt omkring henne. Ett trevligt möte.

Gudrun var hemma hos mor.

"Om du tänker bjuda honom på släktmötet så måste han först introduceras" sa mor bestämt.

Hon var förstås nyfiken och kanske svartsjuk. Gudruns far var ju död. Ett datum blev bestämt. Brorsan skulle vara med. Deras mor envisades med att laga maten själv och hon hade dukat fint i matsalen. Ingemar kom och det blev en trevlig kväll även om den var formell. Brorsan och han kom bra överens.

"Vi måste träffas för att spela bridge", sa de till varandra.

"Vilken fantastisk kvinna din mor är", sa Ingemar efteråt. Han verkade tagen av det.

Ingemar visste att det skulle ske. Att modern och Gudrun skulle bjuda honom till släktmötet. Hur skulle han ställa sig till det? De hade bara känt varandra i några månader och så kom detta. Dessutom måste han skaffa sig en mörk kostym. Det kunde bli dyrt. Men hans syskonbarn skulle snart gifta sig och då måste han ändå ha en.

"Jag behöver betänketid", sa han till henne.

"Det kommer att bli en fantastisk fest", sa hon: "Om du inte kommer så missar du något."

Det förstod han för han hade hört alla historier kring tidigare fester.

Gudrun var inte förvånad över att han skulle tveka. De fick se tiden an.

Brodern Joakim som var ordförande för släktföreningen berättade om alla arrangemang och vilka som anmälde sig. Det var huvudsakligen de äldre som ville träffas. Släkten bestod nu av fem generationer. Det var svårt att hålla reda på de yngre.

På väg till sin mor trillade Gudrun av cykeln och bröt handleden. Den var tvungen att opereras.

Gudrun ringde till Ingemar och berättade:

"Nu är du tvungen att komma med för jag får inte av mig klänningen själv när jag kommer hem efter festen."

Ingemar led med Gudrun! De hade opererat in en metall-ställning i underarmen. Det var utvändigt som en fyrkantig båge. Han fattade inte hur hon kunde sova med den. Men hon sa att det gick bra om hon bara hade en extra kudde att vila armen på. Hon försökte vara duktig, ville laga mat och diska ute på landet. Men han satte stopp för det. När hon var på väg till köket tog han henne under armen och ledde henne till soffan. Han la fram en tidning som hon skulle läsa. Sedan fortsatte han med jobbet i köket.

Hon mer eller mindre krävde att han skulle vara med på släktmötet. Jo, nu hade han tackat ja. Det kunde bli roligt. Det blev nog god mat, goda viner och bra underhållning.

Gudrun satt hemma hos Anita.

"Det är en bra karl", sa Anita: "Vilken annan man som helst hade lagt benen på ryggen och sprungit när de hade sett den där ställningen. Men han stannar kvar och hjälper dig. Fantastiskt!"

Jo, Ingemar var verkligen snäll och äntligen hade han tackat ja till släktmötet. Han var tveksam till att vara med på själva stämman, men middagen skulle han avnjuta.

Hon undrade om nästkusinen från Amerika skulle komma. Gunnel hade tillbringat en vecka med Gudrun när de var små. Hon hade varit som en frisk fläkt och de hade några busiga barndomsminnen ihop.

Ingemar befann sig bland en grupp män i olika storlekar både på längden och på bredden. De hade enfärgade, rutiga eller randiga kavajer. Några bar vit skjorta och slips. De hade på sig namnbrickor i olika färger.

"Vi kommer från sju olika grenar. Varje gren representerar en färg.Till en början var det en syster och sju bröder Även kusinerna höll bra ihop.", förklarade en man som Ingemar tidigare hade träffat på Konserthuset.

"Men jag får det bara till sex färger", sa Ingemar.

Mannen såg lite generad ut och Ingemar kom ihåg att Gudrun sagt att en gren bojkottade släktträffarna på grund av ett bråk.

Det visade sig att mannen löptränade trots sin höga ålder så de fortsatte att prata om det.

Gudrun hade försett sig med kaffe och hembakat trädgården. Lavendeln i rabatten luktade sövande.

Margareta, en äldre blind kvinna kom fram till henne och satte sig bredvid henne.

"Det är så roligt att du tagit med din vän", sa hon. Hon fortsatte sedan att prata om bilresan till Frankrike med Gudruns föräldrar och Gudrun.

Sedan kom en blonderad, långhårig och kraftig kvinna fram till Gudrun och började att prata om forna tiders släktmöten som hölls då en av farbröderna fyllde jämnt. Gudrun letade febrilt i sitt minne för att komma på vem det kunde vara. Till sist måste hon fråga. Det var Ellen. Då hade hon varit smal och haft kort brunt hår.

Ingemar fick sitta bredvid Gudruns mor vid matsalsbordet. Modern kände alla som satt där och gick igenom dem. Det pratades om vem som hade gift sig och vilka barnbarn som hade fötts. Ingemar försökte memorera men det gick fort.

En hårt sminkad kvinna spände ögonen i Ingemar. "Min sonson har haft dig i matte." Ingemar försökte memorera eleven som inte hade gjort så stora framsteg. Sedan förklarade han att elever idag presterar inte lika mycket som tidigare. Han bemödade sig att vara diplomatisk och möttes av både förstående och sura miner från sina bordsgrannar.

Det här är en intressant upplevelse men en gång räcker tänkte han.

Gudrun satt bredvid Gunnel vid matsalsbordet. Mitt emot sig hade de två män som var något äldre.

Gudrun spände ögonen i dem.

"Jag känner igen er men kan inte placera er. Är ni bröder?"

"Jo, det är vi"; sa den ene som var blond. Han hade vit skjorta och slips.

"Det var länge sedan som vi var på ett släktmöte. Jag tror att det är från den tiden då Rudolf nollade."

"Ja, det var på Ramlösa Brunn", sa Gunnel.

"Du hade nyklippt hår", sa Gudrun.

"De bjöd på cigarrer och jag kommer ihåg att vi snodde en och gick ut och tjuvrökte den", sa Gunnel.

Ingemars syster var i antågande. Hon ringde tidigt på morgonen just innan hon skulle åka så Ingemar skulle veta ungefär när hon skulle vara hos honom på landet. Det brukade ta några timmar. Det var första gången som Gudrun skulle träffa systern. De hade storhandlat i närmaste stad, varit på Systembolaget och på Coop. Det var vackert väder idag så de skulle kunna grilla. Han behövde luka lite ogräs i rabatterna och Gudrun tittade till trädgårdslandet. Så körde en bil in på singeln och parkerade på gästparkeringen. De gick dit och hälsade systern välkommen. Nu skulle de alla dricka kaffe.

Gudrun konstaterade att Josefin var lång och smal, en kvinnlig kopia av Ingemar.

"Men jag är inte samma pedant", sa hon med ett skratt när hon inspekterade trädgården. De satte sig vid verandan för att fika. Ingemar tittade misstänksamt på Gudrun.

"Det var det värsta vad du har gjort kaffet starkt", sa han.

"Idag har vi gäster", sa hon.

"Jag tycker det är gott", sa hans syster.

Gudrun och Josefin log mot varandra i samförstånd.

De promenerade och badade under hela dagen.

På kvällen togs grillen fram och vinflaskor öppnades. De båda syskonen pratade om gamla minnen.

Ingemar njöt av denna sommar, för det mesta var det vackert väder. Det växte och grodde i trädgården. Alla hans häckar behövde klippas. Han började med den högsta. Till den behövde man stå på en stege med motorsåg. Gudrun tittade oroligt på honom.

"Har du gjort det här under alla år du varit ensam."

"Ja, det har gått hur bra som helst", sa han.

"Du måste i så fall ha mobilen i fickan. Idag kan jag inte gå härifrån utan stannar på tomten."

"Som du vill. Nu leder jag in sladden genom fönstret i köket och sätter den i kontakten."

Gudrun blev aningen begränsad för hans motorsåg blev kopplad till ett eluttag just ovanför diskhon och sedan ledd ut genom fönstret. Men hon kunde i alla fall inte göra mycket med den brutna handleden. Hon skulle vilja plocka vinbär, sylta och safta.

"Men i år fryser vi in dem", sa Ingemar. "Det har jag alltid gjort."

Hon gick ut till honom och försökte klippa kvistarna med en sekatör och stoppa i sopsäck.

När han var klar strök han med sin hand längs med bladverket. Det var alldeles jämnt.

"Titta så fint det blev", sa han: "Som ett levande konstverk."

Ingemar hade telefonluren i sin hand.

"Jag vill ha två biljetter till konserten", sa han.

Det blev tyst i luren.

"Jaha, två biljetter", fick han till svar.

Gudrun förstod reaktionen hos föreståndarinnan för musikateljén ute på landet. I flera decennier hade Ingemar gått på konsert och bara beställt en biljett. Någon gång hade föreståndarinnan gett honom konsertbiljetter och dragit med honom på eftersitsen. Men vad hade han där att göra? Hon placerade honom bredvid solisterna och Ingemar visste inte vad han skulle säga. Efter det hade han undvikit sådana evenemang. Men föreståndarinnan log ändå glatt mot honom vid varje besök.

Gudrun betraktade den vitkalkade skånelängan när Ingemar parkerade. Sedan gick de in till biljettförsäljningen. Föreståndarinnan hälsade på Ingemar och granskade Gudrun från topp till tå. Hon strök sin hand över Gudruns inopererade metallställning och sa:

"Det gör säkert ont det där."

De gick in i själva salongen. Det var högt i tak. Man kunde se takbjälkarna. Mycket ljus strömmade in genom rummet.

Denna kväll var det en pianist som spelade. Han hade krökt rygg men var en riktig virtuos på pianot.

I pausen bjöds på kaffe och hembakat. Sedan fortsatte pianisten. Denne fick stående ovationer och måste spela flera extranummer.

Ingemar stod i affären Guldfynd och valde bland olika halsband. Gudrun skulle snart fylla år. Det var den första födelsedagen de hade tillsammans. De visade honom på några stycken och han valde ut det han tyckte bäst om. Hennes mor fyllde år på samma dag, så det blev fest hemma hos modern. Hela släkten var samlad, men nu kände han dem. Han verkade vara populär för alla ville sitta bredvid honom, framför allt mostern. De hade många intressanta samtal. Till sist fick han tillfälle till att ge Gudrun presenten. Hon lyste upp och gav honom en kram och en puss.

Gudrun visste vad Ingemar skulle få när han fyllde år en månad senare. Han hade köpt en bredare säng och till den behövde han lakan. Ingemar vägrade att köpa några själv, men pratade drömskt om gamla lakan med spets. Nåväl, Gudrun kunde inte knyppla, men kanske dög det med ett broderi i korsstygn. På nätet stod det att egyptisk bomull var bäst som lakansväv så det beställde hon. Sedan fållade hon dem på sin gamla symaskin och broderade hans initialer och en ranka i blått garn.

"Vow vilken erövring man gjort", var kommentaren.
"Dessa måste jag visa för min syster."

Ingemar var i full gång med partiet. Möten hölls, protokoll skrevs och fakturor måste betalas. Det tog lite tid och då kunde han inte träffa Gudrun. Ibland stod partiets representanter vid köpcentrat och gjorde reklam. Detta var alltid under helgen. De hade en bod, där de bjöd på kaffe och varm korv.

Gudrun var inte politiskt aktiv eller intresserad och hade alltid röstat på ett annat parti. Men han skulle få henne intresserad. De såg på politiska program på tv och diskuterade dem. Det tyckte hon var roligt. Det kändes bra att ha någon som lyssnade när han berättade om partiarbetet.

Gudrun förstod att det betydde mycket för Ingemar att hon lyssnade på vad han sa. Detta var en helt ny erfarenhet. Aldrig tidigare hade någon tyckt det vara viktigt att hon lyssnade. Han berättade om allt möjligt från skolan och det politiska arbetet. Hon blev allt mer intresserad. Kanske inte så mycket av ideologin som av människorna bakom det. De hon träffade tyckte hon var trevliga.

Han hann inte lyssna lika mycket till vad hon hade att berätta. Det tyckte hon var bra för några hemligheter ville hon behålla. Bland annat hur mycket ett och annat kunde kosta.

Ingemar skottade sig fram till huset. När de kom in immade det kring deras andedräkter. Det tog tid att värma upp. De fick gå länge med ytterkläder på sig. Det var första advent och dags att julpynta. Han tog ner lådorna från garderoben.

Gudrun hade tagit med sig en rund julduk som var i offwhite lakansväv. Den hade färgglada applikationer med julmotiv och var från hennes barndomshem. Hon ville att föräldrarna skulle få leva med henne. Deras mässingsljusstakar på matbordet tändes. Han satte upp julstjärnan i trä och tände den. De nynnade på olika julsånger under tiden.

Gudrun förundrades över allt julpynt som Ingemar samlat på sig. Den runda, gröna mattan med broderade tomtar rullades ut. Där ställdes en julbock i halm och bredvid flickdockan med tomtedräkt och vitt skägg.

Juldukar lades på husets bord, skåp, och även på nattygsborden. Två mobiler hängdes upp, en i vardagsrummet och en i Ingemars sovrum. Tomtar och änglar placerades i fönsterkarmarna. De var tillverkade under skoltiden eller inköpta på diverse julmarknader. Till sist tändes det första adventsljuset och Ingemar satte på "I am dreaming of a white Christmas". De satte sig och Gudrun bjöd på varm glögg och hembakade lussekatter.

Ingemar firade denna jul hos sin syster och Gudrun var på julafton hos Joakim, sin bror tillsammans med sin mor och hennes brorsöner med familjer. För övrigt var hon mycket hos sin mor.

Men Ingemar och Gudrun firade nyårsafton tillsammans med ett annat nyförälskat par. Hennes väninna hade också under det gångna året hittat kärleken och nu satt de hopträngda i lägenheten hos väninnan. Hon hade dukat med ett svart sidenlakan och hade placerat ut guldänglar på bordet. Det bjöds på fläskfilé och potatisgratäng och till efterrätt bjöd hon på glace au four. De åt och skålade glatt till sång.

Gudrun pratade högljutt tillsamman med de andra. Efter maten tog värden fram gitarren och började att spela. Han och värdinnan sjöng först några sånger. De uppträdde ibland vid olika evenemang. Sedan ville Ingemar höra Evert Taube. Det visade sig att han kunde hela Everts visskatt utantill. De satt och sjöng i flera timmar.

Tolvslaget närmade sig. Champagnen hälldes upp. De hade teven på så de kunde höra nyårsdikten läsas från Skansen. De gick alla ut på den lilla balkongen för att titta på raketerna. Ingemar kramade om Gudrun och sa.:

"Du ska se att vi får ett bra år."

Ingemar lyssnade på Gudrun. Hon ville flytta samman och kunde tänka sig att bo i hans hemstad, Tranevik. Ingemar visste inte hur han skulle ställa sig till det. Hon hade psykiska problem och han hade haft ett samtal med Joakim om hur det skulle hanteras. Det lät besvärligt. Hon var slarvig. Hemma sparade hon på disken och hon städade aldrig. Hur skulle det gå ihop med honom? Så fort han såg en dammtuss tog han bort den. Hon pratade om ett radhus med en liten trädgård. Ingemar visste inte om han kom att orka med fler trädgårdar. Detta måste få vänta.

Gudrun förstod att Ingemar ville bo i en nybyggd lägenhet. Det hade byggts några intressanta projekt i hans hemstad och fler skulle komma. De planerade att bygga ända ut till havet. För deras del skulle det bli aktuellt med något med havsutsikt eller en lägenhet i centrum. De var gamla redan nu och kunde inte vänta hur länge som helst. Gudrun undrade hur länge man orkade. Regelbundet tittade hon i hans dagstidning efter någon bostad åt dem. Där måste finnas hiss och det gjorde det för det mesta inte. Han bara skakade på sitt huvud, medan Gudrun var otålig.

Ingemar fick dagligen många telefonsamtal från Gudrun. Hon berättade om vad hon hittade på. För det mesta var det jobbet och om någon patient. Han berättade om skolan, om eleverna och prov som måste rättas, och ibland pratade han om sina bekymmer med sin chef. Denne hade inte alls samma utbildning som honom och saknade därmed totalt all förståelse. Ibland stönade han högt över chefens okunskap och då var det bra att anförtro sig till Gudrun Men det var bättre att ha henne framför sig. Ibland var det svårt att föreställa sig hur hon såg ut där hemma hos henne.

Gudrun försökte le mot kameran. Det var en ny erfarenhet att försöka se bra ut på foto för att en man skulle gilla det. Hon gjorde vad hon kunde. Fotografen hade ställt henne framför några blommande forsythsiabuskar. Hennes balkong med gula penséer syntes i bakgrunden. Fotografen var en glad flicka som skrattade ofta. Gudruns erfarenhet var att man blev bättre på kort när man hade en fotograf som lockade till skratt.

Fotografen, en socionomelev behövde hjälp med ett projekt Som tack tog hon några kort.

"Detta kort ska placeras så jag kan se på dig när jag äter", sa Ingemar.

Ingemar tittade på fotot av Gudrun medan han åt sin frukost. Egentligen ville han att hon skulle sitta mitt emot honom så han bara kunde sträcka ut armen och klappa henne på kinden eller ännu hellre gå fram och sluta henne i sin famn.

Förstrött bläddrade han i tidningen och kom till rubriken lediga bostäder. Han höjde ögonbrynen för där var en fyra till salu i ett nytt hus. Någon hade ångrat sitt köp. Den låg överst i ett hus med tre våningar. Projektet var beläget i centrum. Han läste igenom texten en gång till, sedan tog han fram mobilen.

Gudrun var i duschen när det ringde, mobilen låg på handfatet. Vattendropparna rann längs hennes kropp när hon tog telefonen. Ingemar hann säga vad det rörde sig om. Sedan bad hon om att få ringa upp lite senare.

Efter en kvart satt hon i soffan med en kopp rykande hett kaffe. Hon hörde vad Ingemar sa, samtidigt som hon gick in på Hemnet och kontrollerade projektet.

"Det här är väl precis vad vi vill ha, eller hur", undrade hon.

"Jag tar mig en tur ned till stan och kollar. Om det ser bra ut så kontaktar jag mäklaren", sa han.

Ingemar och Gudrun hade blivit kallade till möte. De skulle bli informerade om deras nya bostad.

"Så det är dags att lämna villan", sa Ingemar till en bridgekompis.

"Vi blir kanske grannar", replikerade denne.

De fick med sig en del papper hem. Där tittade de på ritningarna.

"Det fanns bara två fyror som jag ville bo i. Det var de två översta. Jag vill inte ha någon ovanför mig", sa Ingemar.

"Det var tur att just en sådan blev ledig", sa Gudrun.

Ingemar bjöd på vin och ostar och de försökte komma underfund med vem som skulle bli närmaste grannar.

Gudrun fick dagen därpå en stor bukett blommor.

"Det är tack vare dig som detta blev av. Jag hade inte klarat att själv ta ett sånt beslut", sa han.

De betalade in handpenningen och därefter följde en massa möten.

De fick många broschyrer om vad de kunde välja till i kök och badrum.

"Det ska vara minsta möjliga, det har redan blivit dyrt", sa han.

Men Gudrun ville nog ha ett och annat. Hon ville ha en annan diskbänk och andra köksluckor så att deras blivande hem fick sin personliga stil.

Ingemar rynkade på pannan och sa:

"Vi får kompromissa."

Ingemar fick förstoringar på ritningarna och började mäta dem med linjal och deras möbler med tumstock. Sedan ritade han in dem. Det kom att bli trångt och mycket måste slängas. Ingemar förstod att Gudrun måste ha kvar sin soffa och den tog mycket plats. I gengäld behöll de hans matbord med stolar och en del annat av hans saker. Han började också döstäda. Det slängdes en del från skoltiden såsom lektioner och läromedel. Men skolkatalogerna behöll han. Om Ingemar träffade någon gammal elev på stan brukade han gå hem och kolla vem det var och även vilka betyg de fått.

Gudrun hade inte tid till att flyttstäda. Sådant gjorde hon i sista minuten. Än var det några månader kvar till flytten. Varje kväll efter en jobbig dag sjönk hon ner i soffan. Just nu skulle hon skriva en rapport om en patient till en utbildning. Hon försökte tänka tillbaka till patientens livssituation och känna sig in i henne. Denne kämpade med försäkringskassan, behövde ha mer ledigt än hon fick. Patienten hade varit desperat och gråtit stora floder hos Gudrun. Men hon hade gjort framsteg i övandet och det hade hjälpt. Hon hade lärt sig att säga nej högt och tydligt.

Ingemar var helt hänförd. Han var i London för första gången i sitt liv och gladdes åt att få se alla byggnader i verkligheten och inte på bild. Han försökte ta sig in på Parlamentet, men hindrades av beväpnade vakter. Han blev ivrig och försökte gå förbi de beväpnade männen. Men med darr på rösten bad vakten honom att vända om. "Konstigt", sa han: "I Sverige får nästan alla komma in i riksdagshuset. Jag förstår inte varför de hindrar mig." "De hade skjutit på dig om du hade fortsatt. Jag är tacksam över att du vände i tid.", sa Gudrun.

Gudrun och Ingemar hade köpt biljetter till en opera på Covent Garden. Gudrun hade en klänning på sig från en boutique i Malmö. Men på opera klär engelsmännen ner sig och på jobbet var de finklädda. Tidigare på dagen hade hon konstaterat det bland människorna i folkvimlet. Operan var bra och mottogs med stående ovationer. I England är man mer högljudd än vad man är i Sverige.

Dagen därpå shoppade Gudrun. Ingemar fick klara sig själv. När de träffades på kvällen var han vinglig i sin gång och luktade. öl. Han hade besökt krigsmuseet, Churchill war rooms och han hade hälsat på Sherlock Holmes.

Ingemar tvingades till en utekväll med alternativcentrat. Gudrun trodde på sånt som änglar och livet efter detta. Det kunde vara bra att veta vad hon hade för sig och vilka människor hon umgicks med. På den asiatiska restaurangen satte de sig vid ett långbord. De var cirka tio personer. Mitt emot Ingemar satte sig en en lång man. Denne hade långt hängande hår, skägg och klarblåa ögon. Han tittade på Ingemar med en stadig blick och presenterade sig med en lugn och harmonisk röst. Detta var alltså ägaren till centrat som även drevs av hans fru.

Gudrun lyssnade till de båda männen som påbörjade ett samtal. Det var mest sonen som pratade och Ingemar försökte hänga med. De pratade mycket om livet efter detta och på alternativcentrat trodde man på reinkarnationer. Ingemar ville också säga något, men det var inte helt lätt. Gudrun visste att han inte alls trodde på sådant. Ingemar lyckades komma över till politik och det gick lättare för de hade ungefär samma åsikter.

Centrats ägarinna gick runt och försökte prata med alla. Till sist gick hon fram till Gudrun och viskade i hennes öra:

"Det är roligt att se er två tillsammans."

Ingemar visste att Gudrun hade psykiska problem, att hon till och med hade varit inlagd för det i flera månader. Hans ex hade också haft svåra psykiska problem och alla sa att han hanterade det bra. Att han var trygg och stabil. Han skulle nog kunna hjälpa Gudrun också. Hon tog medicin och gick regelbundet till psykiatern. Hon hade sagt att han någon gång kunde få följa med och det ville han gärna. Kanske kunde Ingemar få något tips hur han skulle göra för att hjälpa henne. Det borde en doktor kunna? De fick en tid inbokad tillsammans.

Gudrun satt tillsammans med Ingemar i fåtöljerna hos psykiatern. Denne hade ett anteckningsblock framför sig och noterade. Ingemar satt också med ett block. Hon berättade om de gångna månaderna och att det hade gått bra.

Så frågade Ingemar hur han kan vara till hjälp om Gudrun skulle bli sämre.

"Jag tror du har så bra inflytande på henne så hon håller sig frisk", sa doktorn och vände sig mot Gudrun.

"Har du något att tillägga?"

"Om jag blir sämre så behöver jag vila riktigt mycket och då skulle jag kunna slippa ta mer medicin."

"Medicin brukar vara bra", sa Ingemar.

Ingemar hade under de senaste månaderna regelbundet besökt deras framtida bostad. Byggnadsarbetarna hade lärt känna honom.

Så kom den stora dagen då de för första gången fick gå in i lägenheten. Målarfärgen nästan stack i näsan på dem redan vid hissen. När de gick in möttes de av bara ljus. Fönstrena gick ner till golvet. Det var vitt överallt. Gudrun gick andäktigt runt överallt. Det var så fint. Ingemar hade ett anteckningsblock och penna med sig. Han synade vartenda hörn, hittade en del brister som han skrev upp.

"Det är ju en hel tvättlista", sa Gudrun när hon såg den.

Gudrun for som ett tornado genom sin lägenhet. Nu måste det ske. Mycket måste slängas. Hon undrade om hon kunde klara sig på det som blev kvar. Många böcker fick läggas i Ikea-påsar, även porslin. Det var svårt att ta avsked från en del. Ingemar och hon hade fått lotta om vilken kaffeservis de skulle behålla.

I lådorna låg en del foton, tidningsurklipp och födelsedagskort. Många minnen dök upp. Det var för Gudrun som att göra en resa genom sitt liv. Med en suck la hon nu mycket till pappersinsamlingen. Hon tittade på klockan, det här hade tagit tid.

Ingemar och Gudrun satt mitt emot varandra vid matsalsbordet i sin nya lägenhet. Balkongdörren var öppen och ljummen luft strömmade in. På avstånd hördes fåglarna från den närliggande parken. De hade lyxat till det och beställt catering, en hel meny. Ett årgångsvin stod framme.

Runt omkring dem fanns öppnade och oöppnade papperskartonger. Men det såg de inte just nu. De tittade på varandra under andäktig tystnad medan de skar i det rosa lammköttet.

"Det är så fint här", sa Gudrun.

"Den här tiden borde vi vara på landet, men i år får vi nog tillbringa en del tid här."

Gudrun tittade på klockan. Det var tidigt men det var nog öppet på bageriet. Hon drog på sig mjukisbyxor och en tröja över nattlinnet. På fötterna tog hon på sig sandaler och smög sig ut.

På bageriet ångade det kring de nybakade bullarna. Hon köpte sex stycken vattenfranska. De som blev över skulle hon frysa in.

På hemvägen mötte hon en granne, en man i kostym och slips. Hon skämdes lite över sin klädsel.

När hon öppnade dörren till deras lägenhet möttes hon av kaffedoften. Ingemar hade vaknat och mötte henne iklädd morgonrock. Han slöt henne i sin varma famn.

Ingemar tittade in i ett par välmålade gråa ögon. Dessa tillhörde Maria en yngre väninna till Gudrun. Hennes knallrosa fylliga läppar plutade när hon pratade. Hennes mörkblonda hår var uppsamlad i en hästsvans men en hårslinga hade ramlat ner i ansiktet. De hade hittat en gemensam kompis. Kompisen hade varit storebror till en av Marias väninnor och Ingemar kände honom från politiken. Ingemar drogs med i samtalet när det utväxlades minnen. "Typiskt honom" var ofta kommentaren. Orden forsade fram i allt snabbare takt. Ingemar andades in Marias blommiga parfym när han lutade sig mot henne. En trevlig kvinna tänkte han.

Gudrun satt bredvid Ingemar och försökte bidra med någon replik men blev alltid avbruten. Hon visste att Maria hade haft många trassliga relationer bakom sig. Ofta hade hon vänt sig till Gudrun för att knäcka dessa nötter. Maria hade ömsom gråtit och ömsom rutit av ilska. Gudrun hade lyssnat, tröstat och kramat om henne. Det hade hjälpt ett tag.

Nu satt Gudrun bredvid Ingemar med axlarna uppdragna och kroppen stel som en pinne.

Till sist sa Maria:

"Det var trevligt. Vi får göra om det."

När hon gått la Ingemar sin arm om Gudruns axlar och sa:

"Du är bäst."

Ingemar rynkade på näsan för det luktade konstigt i bilen. Det var Gudruns örter. Hon ville plantera dem i hans trädgårdsland. Hon skulle få disponera en bit mark, för det var meningen att de skulle dela på ett och annat. Dessutom blev han avlastad. Men att hon skulle just välja örter! Maten skulle piffas upp lite och så sa hon att örter kunde vara läkande. Bara han inte blev magsjuk. Ingemar som hade en så dålig mage.

Men sättpotatisen var med som vanligt. Den skulle förgroddas i badrummet.

Där var mycket att göra nu, bara inte grävlingen hade besökt tomten.

Gudrun försökte urskilja dofterna från sina örter. Det var rosmarin, timjan och oregano. Hon njöt av musiken som var Beethovens femma i lagom volym. De svängde in på den lilla vägen. De nyutslagna bokgrenarna bildade en port kring hans bil. I skogen lyste det vitt av vitsippor. De kom fram till grinden och öppnade den. Han rynkade på pannan.

"Fan också. Nu har grävlingen varit framme och förstört gräsmattan."

Snabbt tog han sig ur bilen och tog fram redskap för att reparera gräsmattan. Det dröjde länge innan de kunde ta den välbehövliga fikan med kaffe och kanelsnäcka på husets veranda.

Ingemar hade i flera decennier firat midsommar hos barndomsvännen på landet och nu var Gudrun också bjuden. De körde in på gården till den kringbyggda skånelängan. Där stod redan många bilar. Huset var fullt med gäster som han kände sedan länge tillbaka. De tittade misstänksamt på Gudrun, men hon försökte le vänligt mot dem.

De fördes till det traditionella kaffebordet. I år hade det bakats tio sorters kakor och dessutom bjöds det på en jordgubbstårta. De satte sig bredvid klasskompisen som också var mattelärare och de hade inga problem med samtalsämnen. Gudrun började att prata med kompisens fru om målarkurser.

Gudrun fick veta att hon målade akvarell och skulle på kurs någonstans på Österlen. Gudrun hade precis börjat skriva och frun lyssnade intresserat på det. Gudrun försökte prata med de andra och de var mest intresserade av växter och insekter. Framför allt humlor.

Efter kaffet skulle midsommarstången kläs och det började förberedas till buffén. Dottern i huset hade enligt traditionen lagt en tipsrunda i trädgården. Sedan dansade de runt midsommarstången.

Buffén var lika imponerande som kakbordet. Värdinnan kunde bjuda på ett antal hemmagjorda sillinläggningar och hemlagade köttbullar bland annat. De åt, drack och sjöng och kom hem till sitt sent.

Ingemar var med Gudrun på ett hotell med spa och skulle spela bridge hela helgen. De hade placerat sig i en lätt grupp, för Ingemar hade inte spelat så mycket ännu. Nu satt de mitt emot varandra och de hade kommit överens om ett enkelt system. Deklarationen låg bredvid. Det gick bra och vid förmiddagens slut hörde de till de bästa.

Efter lunchen gick de och badade i bassängen. På vägen dit gick de förbi några rundnätta damer i baddräkt.

"Vilka härliga badnymfer", sa Ingemar.

De log uppskattande mot honom och Gudrun hade svårt för att hålla sig för skratt.

Gudrun och Ingemar fortsatte att spela och det gick bra.

"Ni borde spela i en svårare grupp", sa någon.

"Men detta är första gången här och vi visste inte hur motståndet skulle bli", sa Ingemar.

Dagen därpå hade Gudrun beställt en ansiktsbehandling. Hudterapeuten använde produkter som bestod av svenska örter.

När hon kom ut därifrån stod Ingemar och väntade på henne.

"Du ser tjugo år yngre ut", sa han.

Gudruns ansikte lyste upp, hon ville dansa med honom.

När tävlingen var slut visade det sig att de hade vunnit. Priset var vistelsen på hotellet nästa år för att försvara titeln.

Ingemar väcktes av att ljuset strilade genom persiennerna. Han hade drömt. I natt hade han drömt om skolan. Det var höst, de var i lägenheten och det var lördag. Han tittade på klockan och om en kvart var det Melodikrysset. Gudrun hade frukosten klar. Som vanligt var där var sin äppelhalva från egen skörd. Radion sattes på och han gnuggade geniknölarna. Idag frågades det om sådant han kunde. Där var en fråga om Tjajkovskis Svansjön som de visste svaret på. Han gnolade till Evert Taubes Rönnerdahl. Gudrun dansade till en rocklåt . Han kände inte till Adéle men det gjorde Gudrun.

Gudrun blev inte förvånad när telefonen ringde. Det var som vanligt Ingemars barndomsvän och nu skulle de tippa. Det var ett sätt för dem att hålla kontakten. Idag tippade han och vännen garderade. De var inte överens och då uppstod det diskussioner. Till sist fick de ihop en rad och den skulle lämnas in senare den dagen. Sedan pratades det allmänt om hur de mådde. Vännen hade många krämpor och var inte nöjd med vården han fick. Ingemar försökte gaska upp och ge goda råd.

Senare fick de veta att de hade vunnit en stor summa.

"Till Sydamerika", sa Ingemar.

Ingemar blev i år som vanligt bjuden på middag med rödbetssoppa hos en kollega. I år var Gudrun medbjuden. Utanför kollegans villa lyste en marschall vänligt mot dem när de gick in. De möttes av värdparet och de andra gästerna: en annan kollega med fru och ett bondpar. Vid bordet tog värden fram snapsen och ölen. "I år har jag köpt krokodilöl till minne av vår käre skolledare." Det var en kvinna som de alla hatade. Gamla minnen kring skoltiden och cheferna plockades fram. De skålade och skrattade om vartannat. Gudrun såg lite frågande ut. Ingemar fick förklara senare.

Gudrun hade hört talas om traktorföraren, Ingemars närmsta chef, men inte mycket om krokodilen. Nu fick hon veta mer.

"Sie was nicht schnell", sa värden.

"Nein das was sie nicht. Sie was dum", replikerade Ingemar.

"Vi brukade reta tysklärarna med vår hemmagjorda tyska", förklarade värden.

De fortsatte ett tag till att munhuggas på sin egna tyska.

Rödbetssoppan smakade gott. Förutom rödbetorna bestod soppan av köttbitar och korv.

Sedan fick de sitta in i vardagsrummet. De fick kaffe och tårta och det bjöds på whisky.

Samtalet flödade och glasen fylldes regelbundet på. Det blev många skratt och de kom hem sent.

Ingemar satt på tåget tillsammans med Gudrun på väg norrut. Det var länge sedan som han varit i Stockholm och nu längtade han dit. Det skulle bli roligt att träffa syskonbarnen och de hade bokat både en lunchkonsert och en konsert på kvällen, men på olika ställen. Under en förmiddag skulle han besöka biblioteket och fortsätta efterforskningarna på pappa. Ingemar kom honom aldrig så nära. Pappan blev en helgförälder. Numera drömde Ingemar mycket om honom på nätterna.

Gudrun satt mitt emot honom och stickade Hon hade en bror som bodde på en ö utanför staden. Honom skulle de också besöka.

Gudrun shoppade dagen därpå, när hon var klar gick hon till riksdagens bibliotek. Ingemar stod uppe på en stege på väg att ta ner en tjock bok. Han såg belåten ut.

"Pappa hade gjort mycket under perioden jag forskat på idag. Här har jag fotostatkopior på allt," sa han och visade henne en bunt papper.

"Jag ska visa dem för mina syskonbarn ikväll."

Sedan skyndade de till operans källare som var inredd i barockstil. De satte sig på var sin vadderad stol och bjöds på smörgåsar och vin.

Där var en sångerska och pianist. De framförde sånger av Schubert bland annat.

Ingemar tyckte att hotellet var trivsamt och de hade goda frukostar. Det bästa av allt var att Dagens Nyheter var framlagd till frukosten.

Idag skulle de hälsa på Gudruns bror. Det gick bara en båt dit på morgonen och en tillbaka på kvällen nu när det var is på sjön. På båten fick de säga till att de skulle just till den ön, annars passerade båten den.

Brodern mötte upp vid bryggan och nu var där en promenad till deras tomt. De fick pulsa i snön, men de hade kängor som slutade på vaden. Här var det riktigt kallt.

Gudrun njöt av att komma in i stugvärmen. Svägerskan hälsade dem välkomna.

"Nu ska vi äta lunch och sedan ska det fällas träd."

"Det är skönt att fler är på ön när man tar ner träd. Det är alltid ett riskmoment", sa brodern.

De bjöds på kycklingfilé på en smörgås och drack vin till.

Sedan gick brorsan ut med motorsågen. Han sågade först av många grenar och sedan hela trädet. Det föll åt rätt håll.

När mörkret fallit på gick de tillbaka till båten försedda med ficklampor. De måste vifta med dem för att båten skulle komma till denna ö.

Ingemar strök över Gudruns nariga händer.

"Du måste smörja in dem", sa han.

"Det hjälper inte. Jag måste tvätta dem mellan varje patient."

Någon dag senare befann sig Ingemar på Åhlens. De spelade julmusik på hög ljudnivå. Ingemar drog ner mössan över öronen. Han gick fram till disken med damhandskar och expediten tog fram några. Han kände på dem. De var lena som persikor och i olika tjocklekar.

"Hon får inte frysa", sa han.

"Dessa blir nog bra", sa expediten och höll fram ett par svarta, tjocka.

Ingemar nickade och gick hem med dem inslagna i rött julpapper.

Gudruns händer höll hårt i stickorna medan hon försökte bli klar med västen till Ingemar. Det skulle bli en julklapp. Det var sent på kvällen men för tillfället sov hon för lite. Hon slötittade samtidigt på teven. Det var Rapport och det var svårt med koncentrationen.

Sist hon var ute med kompisarna hade de skickat några varnande blickar mot henne.

Hon måste skärpa sig för snart var det jul. Tänk om hon inte kunde koncentrera sig på vad Ingemar sa eller om det blev något fel med matlagningen.

Hon mätte på stickningen. Det var dags att ta in för ärmar.

Ingemar tittade på Gudruns flackande blick. Han upprepade vad han sagt men det verkade inte som om hon hade hört. Han suckade för sig själv. Det var julafton och i år skulle den nog inte bli någon höjdare.

Sillburkarna stod uppradade framför dem och potatisen var något sönderkokt eftersom de inte hade hållit reda på tiden. Egentligen behövde Ingemar inte någon annan julmat. Men Gudrun hade envisats med att köpa skinka och ett stycke skulle med ut på landet.

Hon hade bakat mandelmusslor till kaffet och sedan skulle de börja med julklappsutdelningen. Han undrade om hon skulle gilla hans present.

Gudrun tittade på det röda paket som låg under granen. Ibland var hon något undrande över Ingemars presentval. Hon tog fram paketet till Ingemar. Hans ögon var vidöppna och händerna darrade lite. Han tog på sig västen, den passade, det såg också han när han ställde sig framför spegeln.

"Konstigt, jag har inte märkt att du hållit på med den"

"Typiskt dig", sa Gudrun.

Hon öppnade paketet från honom och drog på sig de svarta handskarna. Hon höll upp händerna och spretade med fingrarna.

Medan de ännu hade julklapparna på lade Ingemar sin arm om Gudruns axlar och drog henne intill sig.

Ingemar och Gudrun åkte till landet annandag jul. Högtiden hade varit bra även om Gudrun då och då varit något frånvarande. Hon verkade dessutom inte sova på nätterna. Det var ett varningstecken hade doktorn sagt. Han undrade hur det skulle utveckla sig. Kanske behövde hon en tid hos doktorn? Men det var känsligt för Gudrun ville inte själv.

De åkte till Kivik och handlade fisk. Samtidigt passade de på att äta på restaurangen. De hade goda sillamackor. Vädret var ruggigt, det var grått överallt och de frös lite. De gick en promenad längs stranden. Gudrun gick långsamt och Ingemar fick ibland stanna för att vänta in henne. Han försökte prata men hon hörde inte på.

Gudrun och Ingemar kom tillbaka. Det var varmt i huset. Hon tog av sig ytterkläderna samtidigt som hon saknade något. Handskarna som hon fått av Ingemar. Hon måste ha glömt dem på restaurangen men hur skulle hon våga säga det till Ingemar? För säkerhets skull letade hon febrilt bland ytterkläderna. Men de var inte där. Ingemar märkte det och undrade vad som var fatt. Hans min mörknade när han hörde vad som hänt. De åkte tillbaka utan framgång

"Nu måste vi beställa tid hos doktorn, så här kan det inte fortsätta."

Hon var tvungen att gå med på det.

Ingemar ringde sjukhuset nästföljande vardag och lyckades få en tid den 30 januari. De tog sig hem till lägenheten. Det var tyst i bilen. Gudrun satt tyst och hopkrupen och tittade framför sig med en tom blick. Ingemar försökte njuta av naturen medan han körde men han var påverkad av stämningen i bilen. Därhemma föste han Gudrun till sovrummet och tvingade henne till sängs.

Han satte sig i fåtöljen med en bok. Det var alldeles tyst i lägenheten. Han kände sig främmande där.

Nyårsafton blev en säng ledig och då ville doktorn lägga in Gudrun. Hon protesterade högt.

"Du kan inte vara hemma", sa Ingemar.

Gudrun lyckades utverka så att de kunde gå på nyårskonserten och bli inlagd nyårsdagen. I pausen pratade hon mycket och väldigt osammanhängande med Ingemar. Det fanns nog ingen som kunde förstå henne.

På akutintaget visade det sig att hon skulle till den avdelning som en fruktad läkare hade hand om.

Denne läkare hade blivit kritiserad i pressen för sina bryska metoder. Hon protesterade mycket högljutt, men det hjälpte inte. Som väl var fick hon ha med sig sitt handarbete. Det hjälpte att sitta och sticka men gick inte att koppla av. Hon tänkte på allt möjligt från sin existens till hur hon skulle slippa sjukhuset.

När hon ringde Ingemar visade det sig att han också hade blivit inlagd för han hade fått lunginflammation. Hon hade knappt märkt att han andats tungt.

Ingemar vandrade längs sjukhusets korridorer samtidigt som han sköt stativet med dropp framför sig. Denna gång kom han inte undan med tabletter. Hela han hängde och han hade en stor klump i halsen.. Han lyckades utverka ett samtal med kuratorn. Där fick han gråta ut och prata om hur hopplöst allt var. Där var ingen ljuspunkt i hans tillvaro.

Gudrun kom på besök. De hade börjat ge henne medicin och det kändes bra. Men Ingemar visste inte om han kunde fortsätta med henne. Det hade blivit ett stort avstånd mellan dem och han visste inte om det gick att reparera. Hon måste bli som hon var tidigare.

Gudrun ville nu gärna fortsätta relationen men Ingemar var tveksam. Hur skulle hon göra för att allt skulle bli bra?

På sjukhuset kunde hon nu börja följa med vad som hände på tv. Hon fick ofta permission. Då åkte hon hem men orkade inte göra mycket. En kväll var hon iväg och spelade bridge med en väninna och kom tvåa. Då var man väl ändå på bättringsvägen? Någon gång kom väninnor och hälsade på och hade med sig blommor. Det kändes bra.

Så blev Ingemar utskriven från sjukhuset och kom. Han hade med sig ett fång tulpaner.

"Nu ska du också snart bli frisk ", sa han och gav henne en kram.

Ingemar var tärd efter sjukdomen och återigen ensam. Han gick långa promenader i Traneviksskogen där han brukade springa. Den kalla luften sved i hans ansikte och snön täckte marken helt. En svart korp flög kraxande över himlen. Han frös lite och huvudet var fullt av tankar. Hon måste bli bra och ta sin medicin annars var det ingen mening med det hela. Annars fick han lösa ut henne. Hur skulle hon klara det? Men det var väl hennes ansvar? Så hade det varit i de andra relationerna.

Han stannade till. Först måste han hjälpa henne att bli frisk.

Gudrun gick med långa släpande steg längs med den långa korridoren. För det mesta hade hon blicken på golvet en bit framför sig. Någon gång tittade hon in genom fönstret till någon medpatient. De flesta låg orörliga i sina sängar. Några träffade hon på under måltiderna men hon kände dem bara till utseendet.

Hon hade handen i den ficka där mobilen var. Ingemar ringde inte tillräckligt ofta och när det skedde var det som om de inte nådde fram. Ingen av dem hade mycket att berätta. Hon kom till fönstret. På den gråa himlen flög en grupp måsar som skrek.

Ingemar var på sjukhuset och Gudrun stod framför honom. Hon hade kappan på sig och packningen bredvid sig. Det var dags för hemfärd. Doktorn klappade henne på axeln.

"Jag har sjukskrivit dig i tre veckor, du får höra av dig om du behöver vara borta mer."

"Jag vill tillbaka till jobbet så fort som möjligt. Det är illa nog att jag missat två veckor", sa hon.

På hemvägen köpte de bullar på bageriet och snart satt de mitt emot varandra med den röda kaffekannan mellan sig. Det luktade nystädat i hela lägenheten.

"Det känns bara bra att vara hemma", sa hon.

Ingemar började att berätta om sitt besök i partilokalen.

Gudrun lyssnade för det kunde hon nu. Ingemar märkte det och det sporrade honom till att berätta mer. Så satt de en stund men så rynkade Ingemar pannan.

"Nu ser du trött ut. Du behöver nog vila mycket."

"Ja, men sedan vill jag gärna ta en promenad med dig för det var länge sedan jag var utomhus."

Efter middagsluren gick de en promenad, på vägen tillbaka beställdes kinesisk mat. Det luktade gott i hela lägenheten.

Sedan satte de på teven, Ingemar satte sig i fåtöljen och fixerade blicken på bildskärmen. Gudrun kunde betrakta hans stela raka hållning från soffan som hon ikväll fick ha för sig själv.

Ingemar satt vid sitt skrivbord och tittade på alla de prov som han skulle rätta. En kollega var sjuk så han hade åtagit sig en dubbel uppsättning. Efter en stund ropade Gudrun på honom. Det var dags att äta. Hon hade gjort en omelett med kokta grönsaker. Omeletten var knallgul och broccoli, morötter och ärter låg uppradade. Ingemar tittade surt på henne.

"Du vet väl att jag inte är så värst förtjust i omelett."

"Jag orkade inte hitta på något annat. Just nu har jag ingen inspiration."

Ingemar satte i sig maten hastigt och gick sedan tillbaka till sitt arbetsrum.

Gudrun satt i vardagsrummet och tittade på teve. Just detta program brukade hon titta på tillsammans med Ingemar men numera tillbringade han mycket tid på sitt arbetsrum. Hon stickade på en grå tröja. Det var på rundstickor och slätstickning. Arbetet växte långsamt fram. Tankarna malde på. Hur skulle hon få en ändring på det här? Hon fixerade blicken på den grå färgen. Det var som att vara i en dimma. Det kändes som om hon gick och att sikten var skymd.

Ingemar dök upp.

"Jag ska börja spela lagspel varannan onsdag", sa han.

Gudrun suckade. Onsdagarna brukade vara deras hemmakväll.

Ingemar tittade på Gudrun. Hon hade kappan på sig.

"Vart ska du?"

"Jag ska på en workshop med andlig healing."

"Är det inte för tidigt?. Du har nyligen varit sjuk."

"Jag måste ut och göra något annat."

"Du kan hamna på sjukhuset igen", sa Ingemar och gjorde en ansats till att ta fatt henne.

Gudrun svepte halsduken om sig och öppnade ytterdörren.

"Hejdå, Jag kommer hem välbehållen."

Ingemar suckade och gick till sitt arbetsrum. Han hade läst någonstans om att man inte ska syssla med sånt här när hon nyligen varit sjuk. Hur skulle han orka med ett återfall till?

Gudrun satt i en ring med de andra deltagarna. Några ljusstakar med tända ljus stod på golvet. Ledaren hjälpte deltagarna in i en djup meditation. Gudrun kände hur hon slappnade av och blev alldeles tom i sitt huvud. Guiden ledde dem över en äng med blommor. Plötsligt kände Gudrun att Ingemar gick bredvid henne. De satte sig mitt emot varandra vid ett träd.

"Jag vill ha det som det var innan", sa Gudrun.

"Det vill jag också."

Senare sattes musik på och de började att dansa fritt. Gudrun kom riktigt loss. Det nästan kändes som om hon svävade över golvet.

Ingemar tittade glatt överraskat på Gudrun.

"Du ser ut som en ny människa", sa han.

"Jag har köpt entrecote i köttaffären och en flaska rött." Ingemar och Gudrun hjälptes åt i köket och snart kunde de sitta vid ett dukat bord. Stearinljusen fladdrade och de hade finservisen framme. Gudrun berättade om meditationen.

"Det måste ha varit när jag gick en promenad och tänkte på dig", sa Ingemar och la fram sin hand på bordet. Gudrun tog fatt i den och tryckte den hårt. Gudrun hade köpt var sin budapestbakelse till kaffet. De satte sig och satte på musiken.

Gudrun och Ingemar njöt av bakelsen. Den var stor och fluffig. Plötsligt var musiken mycket medryckande. Gudrun gick upp och började att dansa. Hon klarade till och med av att hoppa lite. Hon svängde armarna ovanför huvudet och hon vickade på höfterna. Ingemar tittade leende på. Plötsligt gick Gudrun fram till Ingemar och drog med honom. Han gjorde först lite motstånd men sedan rycktes han med. Det såg lite klumpigt och stelt ut till en början men så kom Ingemar loss och rycktes med i en bugg. Till sist slöt de varandra i en famn.

Ingemar tog några djupa andetag. Det kändes mycket lättare än han var van vid. Sedan ledade han till sig. Vad hade Gudrun gjort med honom? Tyngdkänslan i hans kropp var försvunnen. Men han kände sig lite yr.

"Vad är det för trollkonster du har använt på mig", undrade han.

"Det är du som har gjort det med dig själv. Du har alltid varit lite stel och nu var det rätt tidpunkt att släppa det."

"Det känns riktigt skönt i kroppen men jag är yr."

"Det kommer att gå över, du får ta hand om dig. Nu häller jag upp en kopp till."

Gudrun och Ingemar satte sig i soffan, nu tätt intill varandra.

"Vi borde göra upp planer för sommaren", sa Gudrun, "Jag vill åka bort."

"Jag har alltid velat åka till Italien", sa Ingemar.

"Det finns mycket i Italien, både städer som Rom och vingårdar. Vart vill du?"

"Jag vill se så mycket som möjligt", sa Ingemar.

De gick ut på nätet och hittade en resa till Florens och några vindistrikt. De skulle flyga dit och åka buss hem.

De skålade med den sista skvätten vin som var en valpolicella. Tätt omkring slingrande gick de sedan in i sovrummet.

Ingemar plockade fram påskpyntet. Det var samma som hade hängt med i decennier. En påskkärring, som han hade målat, klippt ut och satt en piprensare till kvast, hängdes upp i fönstret som vanligt. Den härstammade från hans skoltid. Gudrun hade inte tagit med något påskpynt men däremot en lammstek för hans syster skulle komma hit. För hans egen del hade han nöjt sig med ägg, sill, öl och nubbe.

Apropå nubbar så var Gudrun besatt av att krydda brännvinet själv. En flaska höll på att lagras i hans förråd. Innehållet bestod av förutom brännvin av björklöv, nässlor, libbsticka och körvel.

Gudrun och Ingemar tog emot systern och nu skulle de på konstrunda. Det hade de båda syskonen gjort sedan flera år tillbaka och de hade sina favoriter. Två konstnärer hade sina bostäder precis i närheten. Hos den ena hittade Gudrun en målning som hon gärna ville köpa.

"Det är för dyrt", sa de båda syskonen.

På nästa ställe, hos en keramiker, gick man först in i ett mörkt rum. Där fanns levande ljus uppställda i husets keramikljusstakar. Det spelades meditativ musik. Där ville Gudrun också köpa något

Syskonens favoritkonstnär målade havsmotiv och fåglar. Där köpte Gudrun vykort och två lotter.

Ingemar måste som vanligt titta på VM. Det var friidrott i Amsterdam. Teven var på hela dagen. Det var varmt och ytterdörren stod öppen. Det fläktade friskt för att draperiet hängde för så att inga insekter kom in. Ingemar gick ut och in hela dagen. Han lukade och krattade med ett lyssnande öra. När någon svensk var med gick han in, tittade och hejade. Fikapauserna tog han och Gudrun framför teven, inte utomhus som de brukade. Så här skulle det vara i en vecka. Gudrun hade först tittat förvånat på detta arrangemang men sedan leende nickat förstående.

Gudrun kunde inte sitta i vardagsrummet under denna vecka för att läsa eller skriva. Ingemar gillade om hon satt med sitt handarbete och ropade på honom när det var något intressant. Ibland tittade hon lite på teven för det var avkopplande och hon tyckte det var roligt när någon svensk vann.

Men man måste också röra på sig och då gjorde hon något i trädgården eller tog den där rundan runt kvarteret. Någon gång gick hon runt sjön och det tog en och en halv timme. Hon kunde också gå till ett café, där de sålde ull från sina lamm.

Ingemar satt i en vingård i Italien och framför sig hade han ett glas vitt. Det hade blivit verklighet det han alltid hade drömt om. De hade ätit lunch här med hela ressällskapet, någon sorts pasta. Nu var han tillsammans med de andra männen och de hade det trevligt tillsammans, damerna var inne och shoppade vin. De hade flugit hit och skulle åka buss hem, så där fanns plats. Förutom att besöka vingårdar skulle de också vara kulturella. En liten medeltida by hade de besökt, där gränderna var trånga och höjdskillnaderna stora. De skulle även titta på lite kyrkor och de skulle besöka Florens.

Gudrun och Ingemar avvek från ressällskapet i Florens. Gudrun var stolt över att på nätet bokat biljett till Botticelli och fick gå förbi den långa kön. Hon drömde sig bort där i flera timmar när hon tittade på de vackra målningarna. Ingemar besökte Galileis museum. Sedan träffades de på den långa bron. De hittade ett lunchställe och lyckades undvika att beställa pasta.

Gudrun skulle på kurs dagen efter hemresan och behövde lämpliga kläder, så de shoppade.

Sedan anslöt de sig till ressällskapet.

De gick för sig själva även på kvällen och hittade ett mysigt ställe med god mat och där de spelade och sjöng de kända italienska sångerna som O sole mio och Volare.

Ingemar drog på sig en förkylning, som bara blev värre. Han fick avstå från det sista vingårdsbesöket. Färden gick sedan över Alperna. Där hade han aldrig varit och kunde nu inte njuta av det. Febern fick han under bussresan och allra värst var det att vid hemkomsten sent på kvällen promenera från den sista busshållplatsen. Gudrun ville att de skulle ta en taxi men han var envis. Dagen därpå satte han sig på akutintaget och de la in honom meddetsamma. Han hade lunginflammation, kunde knappt andas. Han ville hem, men det var nödvändigt att febern först gick ner. Så fort som möjligt efter några dagar utverkade han permission av läkaren och flydde hem till Gudrun.

Gudrun öppnade deras ytterdörr och där stod Ingemar, magrare än vanligt.

"Jag kunde bara inte vara kvar på sjukhuset. Det var hemskt med alla patienter."

"Men du ska väl ha någon läkarkontakt?" frågade hon.

"Jag har fått permission till imorgon och då ska jag vara på akutintaget igen."

Det var mysigt att ha honom hemma hos sig och hon bjöd på isterband. Han försökte sätta i sig så mycket som möjligt. Ingemar sov länge och sedan gav han sig åter iväg till sjukhuset. Det dröjde flera timmar innan han kom hem..

"Doktorn hittade ingen anledning till att sy in mig igen", sa han.

Ingemar såg på Gudrun. Allting hos henne var uppåt. Nu förväntade hon sig något. Med stor ansträngning sträckte han på sig och sa:

"Vi får ta en fika först."

Gudrun hade kaffet klart och hade handlat napoleonbakelser.

De satte sig i soffan, Gudrun mycket nära honom.

När han drack kaffet kände han hur det sved i halsen. Han harklade sig och sa:

"Man är verkligen ingen ungdom."

"Jag känner mig inte så. Livet har så mycket att bjuda på", sa Gudrun och la en arm om hans axel.

Det värmde. Han koncentrerade sig på armen och tog in den energin.

Gudrun kände hans spända axlar. Hon strök med sin hand uppåt mot huvudet.

"Har du fått nackspärr?".

Ingemar nickade.

Hon tog av honom skjortan och förde honom till en stol så han kunde lägga armarna på bordet. Hon la kuddar under armarna.

Hon började att bearbeta hans vältränade men spända kropp. Hon fick arbeta länge men märkte att musklerna mjuknade alltmer. Först höjdes axlarna när han andades. Allt efterhand såg hon hur magen buktade utåt vid inandningen och att bröstkorgen höjde sig längst upp.

Ingemar slöt Gudrun i sin famn.

Ingemar och Gudrun var ute på landet. Det var sommar. Idag kom Joakim med sambo. Gudrun hade bullat upp med kalkon och en grön sås. Hon hade använt kryddor från trädgårdslandet: Ingemars dill, persilja och gräslök och hennes franske dragon. Till efterrätt hade hon hittat ett tårtrecept med vinbär. Tyvärr hade hon glömt att köpa vispgrädde så de fick åka en gång extra.

Gästerna kom och de började äta. Sedan gick de ner till sjön och därefter tog de en extra titt på kändisens hus diagonalt sett från Ingemars bostad.

Kortleken kom fram. De spelade bridge och det blev sent.

Gudruns yngste bror Lennart med respektive besökte dem i slutet av sommaren. Ingemar och Gudrun hade varit i Simrishamn och handlat en bit lax. Till efterrätt fick det bli glass. Det var på Ingemars order.

"Du ska inte alltid stå i köket", sa han.

Paret kom och de satte sig till bords. De hade hund med sig och denne sniffade upp grävlingens ingång till Ingemars tomt. Hunden skällde ilsket där.

"Jag får ta några stenar till från skogen och lägga där", sa Ingemar.

Sedan gick de runt sjön. Den var blank och trädgrenarna hängde ner i vattnet.

Ingemar hade av partiet blivit utnämnd till nämndeman och det var han mycket stolt över.

"Det är ett hedersuppdrag", sa han till Gudrun. "Man ska ha kavaj och slips och vara neutral, inte bära partiets eller bridgeklubbens nål."

Hans första fall var en ung polack som försökte smuggla in alkohol. Denne fick en månads fängelse och han grät för han hade familj i Polen att ta hand om. Efter detta följde många liknande fall. Ingemar hade även åtagit sig att döma unga brottslingar. Det var skolungdomar som hade snattat, varit i slagsmål med någon jämnårig eller slagit någon lärare.

Gudrun fick lyssna till alla Ingemars berättelser men efter ett tag blev det ensidigt med alla som försökte smuggla alkohol.

"Jag längtar efter ett uppdrag där det har begåtts ett mord", sa han.

Men det stannade vid ett mordförsök. Det gällde ett gift par, där mannen förgripit sig mot frun. Mannen skickades till Göteborg för en sinnesundersökning.

Senare fick han ett narkotikabrott. Detta mål pågick i flera dagar och hölls i en speciell lokal i Malmö. Ingemar lärde sig mycket om darknet och bitcoin. Gärningsmännen fick det strängaste tänkbara straffet. Ingemar var som vanligt den tuffaste i sina omdömen.

Ingemar var på väg med Gudrun till landet

"Imorgon ska det bli uppehållsväder och sedan börjar det snöa", sa hon.

"Vi får ha koll på det så vi inte blir insnöade", sa han.

De kom fram och snart var stugan uppvärmd Egentligen var här inget att göra, bara kontrollera att allt stod rätt till. Här umgicks Ingemar bäst med Gudrun. Ingemar tittade ut och såg att det lyste från grannen. Denne var ensamstående och umgänget skedde på hans villkor. För det mesta höll grannen sig undangömd. Men ibland blev han pratsjuk. Då kom han fram och de kunde prata i flera timmar.

Gudrun vaknade, idag var det nyårsafton. Efter frukost tog hon och Ingemar en långpromenad runt sjön. Det började frysa, kanske skulle det komma is på sjön. Sedan länge tillbaka var träden kala. De mötte inte många. Bara någon som måste rasta sin hund. När de kom hem började de de läsa de böcker de hade fått i julklapp.

Ikväll hade de kostat på sig var sin biff och glace au four. Utomhus var det alldeles mörkt och stilla. Här var bara de i det uppvärmde huset. När tolvslaget kom sköts det bara upp ett fåtal raketer. Det var precis lagom.

Ingemar satt och läste i boken om Evert Taube. Den handlade om hans period i Sydamerika. Där var noggranna efterforskningar gjorda. De lär till och med ha hittat och intervjuat den kvinna som var hans Carmencita. "Ska vi åka till Sydamerika nästa år?. Tänk att komma från vinterrusket ett tag. Jag vill till Argentina för att följa efter Evert Taube på Pampas och äta deras goda kött. Biffarna där ska vara fantastiska."

"I så fall måste vi titta på flamenco, fast jag hade hellre åkt till Peru", sa Gudrun

"Jag vet inte om det är lika gynnsamt med vädret där."

Gudrun suckade och sa: "Nej det är det nog inte. Det är nog regnperiod då."

Hon tänkte att det skulle vara fantastiskt att komma dit och hon var säker på att han skulle gilla Peru.

Sydamerika var mer ofördärvat. Tänk att gå inkaleden och bestiga Machu Pichu. Titticacasjön skulle också vara fantastisk. Det var skönt att drömma sig iväg.

Men plötsligt spände hon sig och kände hur håren reste sig. Hon kom att tänka på hans lunginflammation. Enligt läkarna kunde den bero på ACN på planet. Åk businessclass i fortsättningen var rådet. Han stannade hellre hemma än att följa det.

Ingemar hade varit hos doktorn och denne hade skrivit ut mer medicin. Förr i världen fick man recept på en gul lapp. Han älskade att få dem, för det brukade hjälpa. Som vanligt hade han ont i magen, framför allt när han vaknade.

"Du får hålla diet och börja gärna dagen med en skål havregrynsgröt", sa doktorn.

Gudrun kommer inte att gilla det men det fick hon tåla. Gudrun ville jämt laga så konstig mat och hon gjorde alltid för starkt kaffe. Men han ville ha helt vanlig husmanskost, fast nu kunde han inte äta isterband och sill.

Gudrun konstaterade att Ingemar hade med sig en påse från apoteket och den såg välfylld ut. Han drog in matoset genom näsan.

"Det luktar gott och verkar vara bra för magen", sa han.

"Jag bjuder på hälleflundra idag för jag tycker synd om dig", sa hon.

Han satte i sig alla sina tabletter och sedan satte de sig till bords.

Morgonen dagen därpå åt han sin havregrynsgröt. Sedan blev det ett halvt äpple, en bit morot och två smörgåsar.

När Gudrun bodde själv hade hon andra vanor såsom filmjölk och bär på morgonen och en massa goda grönsaker på kvällen.

Ingemar gick som vanligt med i demonstrationståget den förste maj. Det hade han gjort sedan många år tillbaka. De brukade börja med sill och öl på morgonen. Plakaten hade bra budskap i år. Han tog den som var minst. Så började de att gå. Det var härligt att gå till marschmusiken. Längs gatorna stod folket och tittade på. Många hade vimplar i sina händer. Ingemar spanade efter bekanta ansikten. Än såg han någon partikamrat och än några damer från bridgeklubben. De satt på en närbelägen balkong och vinkade glatt till honom. Jo, någon gammal elev kände han också igen.

Gudrun stod i folkvimlet och spanade efter Ingemar. Där kom han och de fick ögonkontakt. Men vad gjorde Ingemar nu? Han lämnade sina led och gick rakt fram till Gudrun och tog henne i handen. Han ville att hon skulle gå med. Men det här var inte hennes parti. Tänk om någon Gudrun kände var här och såg henne? Hon tvekade. Han hade glimten i ögat och ett leende på läpparna. Hon kunde inte motstå det utan följde med.

När de kom fram hälsade hans partikamrater på Gudrun. Några kramade om henne. Hon kände de flesta och tyckte om dem.

Ingemar höll för öronen. Kvinnorösten skar genom hela bostadsområdet. Den var hög och gäll, man kunde knappast kalla grannen för en sopran. Hon försökte sig på arian ur Mozarts opera, där nattens drottning sjöng med höga toner.

Det var den första vårdagen som Ingemar och Gudrun satt utomhus på balkongen. Kaffekopparna var framdukade och den röda kaffekannan. De hade köpt napoleonbakelser från bageriet. Ljummen luft strömmade mot dem och den falska kvinnorösten. De grimaserade mot varandra. Rösten kom från balkongen under dem.

Ingemar lutade sig över balkongräcket. Han skrek:

"Du måste sluta sjunga."

Grannen hörde inte, hon fortsatte att sjunga.

Gudrun öppnade ytterdörren. Någon hade ringt på. Olga, en äldre dam stack in huvudet. Hon bodde i lägenheten bredvid dem.

"Hur ska vi få henne att sluta? Så här höll hon på igår också men då var ni ju inte hemma."

Gudrun hade sett damen ifråga när hon gick från sin bostad. Det var en liten krokig gestalt som alltid var klädd i brokiga kläder.

"Hon öppnar inte dörren när man ringer på. Fler än jag har försökt få kontakt med henne", sa Olga.

De kom överens om att skriva ett brev till henne med så många namnunderskrifter som möjligt.

Ingemar, Gudrun och Olga fick ihop ett brev, gick runt i huset och ringde på. De möttes av stor förståelse och alla skrev under. Sedan ringde de på grannens dörrklocka och slängde in brevet genom brevlådeinkastet. Som vanligt sjöng grannen ute på balkongen, denna gång något från Tosca. Hon fortsatte tills det blev kväll.

Dagen därpå hördes inget från henne. Någon dag senare fick alla ett brev från henne.

Hon hade skrivit med stora, snirkliga bokstäver: *Eftersom ni inte gillar att jag sjunger så flyttar jag.*

Lägenheten var snart till salu. Grannarna undrade vart damen med rösten skulle ta vägen.

Gudrun tittade in i grannens arga ögon. De hade mötts på torget och höll på med att välja bland tomaterna.

"Fan också att behöva flytta. Det är er allas fel."

"Jag förstår inte riktigt", sa Gudrun med låg röst.

Grannen hade nästan skrikit och Gudrun hoppades att hon skulle sänka sitt röstläge.

"Det är inte juste att gå samman mot en stackars människa."

Gudrun betalade för sitt och försökte skynda vidare men kvinnan grep tag i henne.

"Du ska inte sjunga utomhus", sa Gudrun.

Kvinnan skakade på huvudet.

Lägenheten såldes och flyttbilen kom.

Grannen försvann och syntes aldrig mer till.

Ingemar var förkyld innan de åkte till London. Men med flygresan blev det värre. Hans röst var skrovlig och han snöt sig ideligen. Gudrun strök handen över hans bleka, urgröpta kind.

"Vi måste vara sunda trots att vi är ute och reser", sa hon. De hittade en bar där det pressades juicer medan de väntade. Ingemar tog en med en massa citrusfrukter. Gudrun försökte övertala honom att ha lite ingefära i men han rynkade på näsan åt det och skakade på huvudet.

Sedan fortsatte de ut i vimlet Ingemar med en tjock halsduk som var virad flera varv runt halsen.

Gudrun och Ingemar hade London framför sig där de satt i linbanan på väg till den nya arenan. Det hade börjat skymma och ett blått skimmer lyste över stan. Themsen blänkte och det gjorde fönstren på alla skyskrapor också.

På arenan möttes de av ett hav av människor. Den rymde 20000 personer. Andrea Bocelli och de andra sångarna var som flugor på scenen. Men där var storbildskärmar. Den välljudande sången hördes tydligt och det gjorde också alla applåder efteråt.

När de var tillbaka på hotellrummet tog Ingemar fram flaskan med konjak.

"Det här är bra medicin mot förkylningen", sa han.

Ingemars förkylning övergick till lunginflammation efter flygresan hemåt. Han lyckades undvika sjukhusinläggning men fick antibiotika. Nu var det juni och det var varmt ute. De var mycket på landet. Ingemar såg rabatterna som behövde lukas, häckarna som behövde klippas och denna sommar kröp mördarsniglarna in i horder från skogen. Alla grönsaker åt de upp. Ingemar andades djupt och tungt när han försökte göra någonting, en bråkdel av vad som borde uträttas.

Gudrun lade en kall, våt handduk på hans panna. Med handduken för hans ögon tvingade hon honom att lägga sig.

"Försök att ta en lur nu", sa hon.

Gudrun suckade när hon hörde Ingemars korta, flämtande andetag. Skulle han vara sjuk hela sommaren? De hade planerat att bjuda hit några gäster men det kanske inte blev av. Hon rynkade på pannan när hon tänkte på alla resor de hade pratat om. Han ville gå i Evert Taubes fotspår och äta biff i Argentina och hon ville gå inkaleden i Peru. Vad skulle Ingemar tycka om hon åkte själv i någon grupp?

Med huvudet fullt av tankar började hon gå runt kvarteret. Solen sken och blommorna prunkade i grannarnas rabatter. Hon drog ner axlarna och började att dansa fram.

Ingemar tittade på Gudruns röda fullpackade röda väska. Hon skulle åka till Danmark för att spela bridge med några kompisar. Hon tittade vädjande på honom.

"Ska du ändå inte följa med? Vi kan ta din bil och jag lovar att köra mycket."

Ingemar svalde. Där var lite smärta kvar i hans hals. Han var långt efter med trädgårdsarbetet. I helgen tänkte han hinna med sina häckar. Han skakade på huvudet.

"Jag är inte riktigt frisk ännu. Dessutom blir det dyrt."

Han såg Gudruns besvikna min.

"Vi hade behövt komma iväg tillsammans", sa hon.

Ingemar gav Gudrun en stor kram.

Gudrun skyndade till den röda bilen som tillhörde Louise.

"Vad bra att du är i tid."

Louise började prata om alla sina resor. Hon hade varit på ridläger med barnen och barnbarnen. De hade hyrt torp och fått tillgång till två hästar. Där hade de fått många goda vänner.

Gudrun kände igen den återkommande sorgen över att hon inte hade några barn och satt tyst. Louise märkte det och började att prata om en resa till Verona. Hon och hennes vän hade lyssnat på en opera. Det var Tosca. Ingemar gillade bara bussresor så dit kunde de nog inte komma.

Ingemar vaknade av mobilen. Det var Gudrun.

"Vi bor på ett jättefint ställe. Du skulle gilla det. Från hotellrummet går man direkt ut i trädgården. Det är vackert väder här och igår kväll satt hela gänget utomhus och drack öl."

"Ja, jag blev klar med spireahäcken och är riktigt stolt över hur jämn och fin den blev."

"Det gick bra för oss på bridgen igår. Vi kom tvåa."

Ingemar spetsade öronen.

"Var där några intressanta givar?"

"Vi spelade hem två lillslammar och jag lyckades squeeza fienden för första gången i mitt liv", sa Gudrun.

Gudrun gjorde några missar för hon kunde inte koncentrera sig. Hon tänkte på livet med Ingemar. Alla pratade om sina barn och resor. Efter lunchen drog Louise med Gudrun till en berså där de kunde prata ostört.

"Du är så tyst. Är det något med Ingemar?"

Gudrun satt tyst en stund.

"Han är ofta sjuk och stannar helst hemma."

Louise panna veckades.

"Det verkar inte bra. Tänker du göra något åt det?"

Gudrun tänkte på sitt tidigare ensamliv. Nu hade hon bättre ekonomi och hade kunnat utvidga sina gränser. Resa långt bort eller gå på skrivarkursen med möten i Stockholm.

Ingemar tittade ut genom fönstret. Där stod Louise bil. Gudrun kom in och Ingemar gav henne en kram som hon besvarade slappt.

"Vad är det med dig."

"Alla andra gör så roliga saker. Jag skulle också vilja ha barn och resa långt bort."

Det blev tyst. Sedan sa Ingemar:

"Ska vi ta en promenad och prata om det?"

Nu var det bara Gudrun som pratade. All längtan efter det hon missat bara vällde ur henne.

"Ja, vad ska vi göra åt det?" sa Ingemar och drog henne till sig. Solen sken på smörblommorna längs vägrenen och ovanför fladdrade några fjärilar.

Gudrun kände Ingemars varma kropp. Ingen annan hade kunnat ta i henne som han gjorde. De tog varandra i handen. Nu hade de kommit till en sluttning.

"När jag var barn rullade vi nerför sluttningar. Ska vi pröva?"

Ingemar tittade misstänksamt på henne.

"Vi är för gamla för sånt?"

Gudrun lade sig på tvären och började att rulla. Ingemar följde efter och kom ifatt Gudrun. Underlaget var buckligt och det gula gräset var stickigt. Längst ner hamnade de sida vid sida. Där var gräset högt och det var blött. De reste sig upp och hand i hand gick de hemåt.

Ingemar skulle nu i höst bli pensionär. Det skulle bli skönt att slippa chefen och alla bråkiga elever. Ungdomar av idag var helt annorlunda jämfört med för några decennier sedan. För honom hade det blivit allt svårare att hantera det.

Han skulle ägna sig mer åt politiken och nämndemannaskapet. Nu kunde han ta alla uppdrag som han fick. Partiet hade frågat honom om han också ville åta sig förvaltningsrätten och det hade han tackat ja till. Det var spännande och plussade på ekonomin.

Han skulle även spela mycket mer bridge och ha mer tid till Gudrun ute på landet.

Gudrun skulle snart uppnå pensionsålder, men ville fortsätta att jobba. Hon var rädd för den nya ekonomin. Varje gång Gudrun fick det orange kuvertet så var det med bävan som hon öppnade det.

Det var fortfarande roligt att jobba. Hon gick på kurser och hade chans till att bli klar med en utbildning. Vad skulle hon göra när hon inte jobbade längre, bara sitta hemma och rulla tummarna? Eller skulle man hoppas på att hitta någon trevlig sysselsättning? Allting var så ovisst. Ingmar sa att de kunde vara mer tillsammans på landet och att där fanns en del att göra.

Ingemar fick ett mail från Joakim. Det var en inbjudan. Gudruns mor skulle bli 90 år och orkade inte med så mycket. Men hon skulle firas. Joakim och hans sambo bjöd in hela släkten till sig. Planer smeds och det blev catering. Festsällskapet bestod av ett tjugotal personer. Gudruns morbror och faster med respektive var där, likaså syskonbarn med familjer. Det var dukat långbord, som sträckte sig ända till tevehörnan. Gudrun satt bredvid värden och Ingemar långt ner. Joakim försåg sällskapet med vishäften och det sjöngs och hurrades. Joakims yngste barnbarn var bara en baby men han höll god min hela tiden.

Gudrun fick lyssna till en hel del tal. De flesta var riktade till modern, men hennes morbror kom ihåg att även hon fyllde år. Mest imponerande var hennes mors tal. Hon höll på länge och väl och det var noga genomtänkt. Hennes mor hade dålig syn så hon hade inte kunnat skriva ner det. Gudrun kunde tänka sig att hon hade filat på det i flera veckor ensam hemma hos sig .
Någon dag senare hölls ett mindre kalas för Gudrun på en restaurang. Just innan de andra kom träffade hon på ett gammalt ex som verkade må bra. Då hade hon gärna haft Ingemar vid sin sida.

Ingemar var nu pensionär på riktigt och det var skönt. Han kunde stiga upp lite senare på morgnarna. Men han hade fått mer att göra i partiet. Och så hade han börjat i förvaltningsrätten. Ingemar hade hand om en del migrationsfrågor. Det var mycket svårt. Man kom i kontakt med så många nödställda som gärna ville stanna i Sverige, men det fick de inte. Fast somliga försökte att fuska. Muslimer konverterade till kristendomen. De kom med ett kors hängande om halsen och någon från en frikyrklig rörelse i släptåg. Men då gav Ingemar sig inte. De skulle ut ur landet.

Gudruns jobbtempo var lika högt men arbetsdagarna var något kortare. Just nu jobbade hon extra mycket med en patient, som hon skulle redovisa på en kurs Basal Kroppskännedom i Stockholm. Gudrun måste skriva en rapport om patientens status när hon började hos Gudrun och sedan om hur patienten förbättrades. Hon skulle också skriva ner patientens behandlingsplan. Patienten fick välja ett fingerat namn.

Gudrun kom till Stockholm med mycket packning. Deltagarna måste ha meditationskuddar med. De jobbade intensivt i en vecka. De mediterade, tränade och redovisade. Men sista kvällen smet hon alldeles ensam iväg till en föreställning på Dramaten. De gav där Pygmalion.

Ingemar och Gudrun firade jul på landet detta år. De packade bilen full med mat och julklappar. Ingemar hade köpt sill och Gudrun hade envisats med att ta med sig en julskinka. Det var bra mat som varade i flera dagar sa hon. Hon hade även lagat rödkål trots att det inte var bra för Ingemars mage, men hon ville ha det. Vädret var inte helt stabilt och det måste de ha koll på. Om det började snöa måste de omedelbart åka. När de kom fram satte han på Beethovens nionde symfoni och hon värmde glögg och tog fram pepparkakor.

Gudrun och Ingemar tog därefter en promenad runt sjön. Där var is och lite halt här och där. De mörkgråa molnen hängde tungt över dem. Bara de hann fira julafton innan de måste hem tänkte hon. Till middagen tog Ingemar fram hennes hemgjorda nubbe. Det var den med johannesört, rölleka och malört. Till middagen serverades också hans sista egenodlade potatisar. Därefter var det julklappsutdelning. I år gav de varandra böcker. Av henne fick han en bok om politik och hon fick en bok om en Sjostakovitj. Den ville Ingemar också läsa. På juldagen snöade det så då fick de skynda hem.

Ingemar och Gudrun hade bokat en bussresa till Prag. Gudrun pratade om att boka egna resor med flyg, hotell eller airbnb. Men det kändes vanskligt. Dessutom kunde man träffa en del trevliga människor på bussresor. De kom till Prag och gick över den kända bron. På vägen tillbaka träffade de på inkastare till konserthuset. Varför inte? De skulle hinna till kvällens festligheter så de löste biljetter. Det spelades verk av Beethoven och Dvorak. Dirigenten och orkestern fick stående ovationer. När de gick till hotellet träffade de på ytterligare en inkastare till en annan konsert. De skakade på huvudet och skyndade förbi.

Gudrun och Ingemar tillbringade nyårsafton i något som liknade en ölstuga. Väggar och tak bestod av träplankor. De satt på bänkar längs långbord. Gudrun beställde vin, men det var inte gott. Man ska dricka öl i Tjeckoslovakien. Där var en del underhållning. Någon sjöng och det framfördes sketcher. Från deras plats hörde de inte mycket för det var högljutt i lokalen. De skulle antagligen inte heller förstå något. Men så började någon svensk i sällskapet sjunga Helan går och alla i deras grupp stämde in.
Vid tolvslaget gick de ut och tittade på raketerna. Detta var precis som i Sverige.

Ingemar var på landet då det ringde i mobilen. Det var Gudrun som sa att hennes mor hade blivit sjuk och låg på Sus. Det hade modern i och för sig gjort många gånger under deras bekantskap. Ofta hade Gudrun suttit med sin mor på akuten. Därpå hade inläggning skett. Det brukade vara jobbigt för henne för krukväxter måste vattnas i moderns bostad och sjuklingen krävde besök.

Men nu verkade det vara riktigt allvarligt. Modern hade ådragit sig en lunginflammation efter en begravning som hon besökt. Hon ville gå på den och fick nu ta konsekvenserna. Ingemar förstod att det var allvarligt.

Gudruns mor låg i sin sjukbädd med en svullen arm. Joakims sambo som var sjuksköterska skakade bekymrat på huvudet. Brodern från Stockholm tillkallades. Lennart tog ledigt några dagar och reste ner. Han satt hos deras mor varje dag. Då piggnade hon till för att sedan bli sämre när han reste tillbaka.

Hon fick svårt för att andas. Det gav stor ångest. Doktorn lovade henne morfin som torkade ut lungorna. Hon tog tacksamt emot det.

"Tack för allt", sa hon och la sina händer på Gudruns innan hon förlorade medvetandet.

Sista natten vakade hon och Lennart tillsammans innan modern somnade in för gott.

Ingemar väcktes åter tidigt på morgonen av telefonen. Det var Gudrun.

"Nu är det slut. Mor gick bort tidigt på morgonen. Brorsan och jag har vakat hela natten."

"Då behöver du sova", sa han.

"Det går inte. Där är så många känslor", sa hon och började gråta.

Sedan fortsatte hon:

"Jag måste avboka alla mina patienter först. Egentligen borde jag klä upp mig för att hedra den avlidna. Här sitter jag bara i en sliten smutsig tröja och jeans."

"Försök att vila lite och du kommer väl till konserten?"

"Det är nog bra om jag kan det", sa hon.

Gudrun satt med mobilen intill örat:

"Tyvärr måste jag avboka behandlingen idag för min mor gick bort i morse", sa hon ett antal gånger. De flesta av patienterna var förstående. Det följde kondoleanser.

"Jo, det var lunginflammation. Men hon var gammal och multisjuk och orkade inte längre", svarade Gudrun flera gånger.

Sedan blev hon sittande i soffan tills det ringde på dörrklockan. Det kom en blomsterbukett med rosa tulpaner från jobbet. *Vi tänker på dig.* stod det på medföljande kort.

Till konserten klädde hon sig i svart, blus och långkjol.

"Mina kondoleanser", sa Ingemar och pussade henne lätt på munnen. Han hade kommit direkt från landet.

Ingemar satt nära Gudrun i kyrkan vid begravningen. Hon behövde allt stöd som hon kunde få. Han kände inte igen alla som var där, men hon hade försökt att förklara. Där var många släktingar och några hade han nog mött på släktträffen och sedan glömt bort dem. Där var även lite vänner, några från moderns syjunta och där var män som var små när de kände hennes mor. Moderns frissa, städhjälp och hemtjänst var där också. Frissan grät högljutt. Prästen var en ung kvinna. Denne hade haft näsring på sig när hon och Joakim gick igenom akten. Nu var näsringen av.

Gudrun konstaterade att prästen läst på det hon hade skrivit ner när de träffades vid genomgången. Hon gjorde en resumé av deras mors liv och betonade speciellt att mor spelade bridge. Prästen avslutade med:

"Tag vara på kärleken."

Det hade stått på begravningsannonsen. Ett flöjtsolo var beställt, detsamma som på hennes fars begravning.

Därefter var det kaffe i församlingssalen. Det bjöds på landgång och kaka. Gudrun satt bredvid några barndomsvänner från när de hade lekt i sandlådan.

Äldre släktingar kom och satte sig bredvid Ingemar och henne och pratade med dem.

Joakim förmådde sig till att hålla ett tal.

93

Ingemar och Gudrun begav sig till Holland för hon hade pensioner att hämta ut från 70-talet. Då bodde hon där. Gudrun ville ha alla samlade på ett holländskt konto. Det krävdes att hon åkte till Holland och öppnade ett konto där. Hon bokade flyg och hotell och kontaktade några väninnor som hon ville träffa.

På flygplatsen fanns ett bankkontor, där de tillbringade flera timmar.

När de kom tillbaka hotellet drog Ingemar in en välbekant doft. Det luktade hasch!

På kvällen gjorde de en rundtur. De kom förbi stadsdelen med de röda lyktorna och coffeeshops där man kunde handla knark.

Gudrun och Ingemar åkte dagen därpå till en kompis i södra Holland. Det var roligt att presentera honom för väninnan med sambo och visa att hon mådde bra. Hennes psykiska hälsotillstånd hade varit mycket dåligt när hon lämnade Holland.

De hade mycket att gå igenom och de pratade om gamla minnen. De blev bjudna på lunch och hann gå en långpromenad som gick genom slätter och längs en kanal.

Sista dagen av vistelsen träffade de en väninna och hennes barn i Amsterdam. Sist Gudrun sett dem var de mycket små. Väninnan visade dem Amsterdam och de blev bjudna på allt.

Ingemar och Gudrun skulle idag till Josefins fritidshus. Hon bodde i Blekinge nära Karlskrona så det blev en långtur. Bilen packades med lakan, flera ombyten kläder och motorsåg. Ingemar brukade klippa systerns häck. Gudrun hade gjort i ordning en korg med fika som de skulle ha på vägen. De turades om att köra. Det var skönt att bara kunna sitta i bilen och läsa någon tidning medan Gudrun körde. Väl framme tog systern emot i linne och shorts. De gick meddetsamma och badade. Det var vackert med det azurblå havet och alla skärgårdsöar och det var inte för kallt i vattnet.

Gudrun och Ingemar hälsade hjärtligt på alla syskonbarn med familjer som dök upp. De hade klätt om sig till kvällens begivenheter. Det grillades, dracks vin och pratades. Ingemar förhörde sig om hur det var i huvudstaden och försökte leka med sina syskonbarnbarn. Deras sovrum låg i ett litet hus, som även användes som förråd. Där var frisk och klar luft. Han låg i sängen och hon på en madrass på golvet. En natt var ok att sova här. Dagen därpå klipptes det häck. Den bestod av olika sorters buskar, några med taggar. De turades om att använda trädgårdshandskarna.

Ingemar hade i år fått mycket äpplen både aroma, gravenstein och coxorange. Gudrun hjälpte honom att plocka dem. Han lade dem i lådor med tidningspapper emellan. De brukade räcka till fram på vårkanten. Där var en del bestyr med att avsluta trädgårdsarbetet för denna säsong. I partilokalen försökte Ingemar lära upp den nye kassören. Han hade haft detta uppdrag i många år men nu tröttnat. Hoppas den nye fixade det.

I lagbridgen åkte de ner en division, men det var väntat. De fick ta nya friska tag.

Gudrun skulle till Mallorca med jobbet så han skulle vara ensam i två helger.

Gudrun måste först hålla sin föreläsning i Basal Kroppskännedom innan hon kunde njuta av denna kombinerade jobb och semesterresa. Powerpointen var klar och Gudrun hade skrivit ner det hon skulle säga. Flera gånger dagligen repeterade hon på sitt rum. De bodde på en badort just utanför Palma. Hotellet låg vid stranden. De badade regelbundet och på kvällarna gick de krogrundor där eller i Palma.

Så kom den stora dagen. Gudrun hade vita linnebyxor och en blå tshirt på sig. Föreläsningen gick bra, fast kollegorna var otåliga när de gjorde övningarna. Efteråt verkade det som om de uppfattat essensen: Förankring och fokus var viktigt.

Ingemar var rädd att Gudrun skulle bli sjuk igen. Efter jobbresan var hon solbränd men helt slutkörd. Hon började jobba direkt efteråt. Långa slitsamma dagar med jobbiga patienter. Ibland berättade hon om dem utan att nämna dem vid namn. Orkade hon detta?

Gudrun skulle kunna sälja sin etablering och få en ansenlig summa. Det var rätten till högkostnadskort och frikort.

Men hon hade åtagit sig att gå en kurs till och att slutföra ett examensarbete till en specialutbildning för att få sin terapeutiska kompetens i Basal Kroppskännedom

Hon kände på sig att detta var viktigt men Ingemar var mycket bekymrad över hennes mående.

Gudrun kom ihåg att mediet hade sagt att det var viktigt att slutföra den här utbildningen. Det var jobbigt men det måste gå.

Hon skulle skriva en flera sidor lång rapport över föreläsningen. Den skulle sedan bedömas av två handledare. Hon skrev på kvällarna efter jobbet. Ofta blev det sent och sedan tidigt upp dagen därpå. Men hon hade full koncentration på det hon gjorde, då var hon frisk.

Kursen handlade om gruppbehandlingar och hölls i hemstaden. De var en liten mysig grupp och hon lärde sig mycket och där var också utrymme för en del skratt. Efter kursen kunde hon hämta ut sin terapeutiska kompetens.

Ingemar tänkte att om det fortsatte så här måste han ringa doktorn för nu var hon mycket trött. Kanske behövde hon öka på sin medicin. Kanske kunde han tillsammans med läkaren förmå henne att sluta jobba. Hon hade inte bara sitt arbete utan många fritidsintressen som tog på hennes krafter. Till exempel så spelade hon bridge till sent på nätterna. Hon gick även på skrivarkurser och det krävdes att hon skrev flera sidor varje vecka. De skulle kunna ha mer tid tillsammans, åka ut till landet på vardagar och bara vara där. Lugn och ro var vad hon behövde nu.

Gudrun fick sitt examensbevis tillskickat men nu var hon alldeles slutkörd. Nu mådde hon inte riktigt bra. Det var svårt att koncentrera sig på teven och böcker. Hon sade kanske konstiga saker till sina vänner för de tittade frågande på henne. En kollega på jobbet sa:
"Det är nog dags för dig att sälja din etablering."
Hon sjukskrev sig och tänkte till. Ingemar hade sedan länge tillbaka sagt samma sak som kollegan. Hon kollade med pensionsmyndigheten. Det blev inte mycket man fick i pension. Hur skulle man klara sig?
Men hon gjorde slag i saken, satte etableringen till försäljning och sa upp sig.

Ingemar tittade på Gudrun som satt i soffan bredvid honom. Hela hon hängde. Ansiktet var fullt av rynkor och axlarna var nersjunkna.

"Nu är mitt liv slut", sa hon. "Vad ska jag göra nu?"

Ingemar la sin arm om hennes axel.

"Vi åker till Köpenhamn. Vi behöver komma härifrån."

"Jamen du brukar säga att det blir för dyrt?"

"Inte alltid, nu behöver vi det:"

"Vad ska vi göra där?

"Vi går på opera, äter gott och tar in på ett bra hotell. Jag har en kusin Grete boendes där, henne kunde vi besöka dagen därpå."

Ingemar letade i adressboken och ringde sedan.

Gudrun lyssnade till telefonsamtalet. Ingemars ansikte hade fått färg och han gestikulerade samtidigt som han pratade. Jodå, kusinen blev glad och de var välkomna.

Dagen därpå hade Gudrun sin rosa dräkt på sig. De gick på Kongelige och såg Carmen.

Efteråt var det dukat åt dem på en närliggande restaurang. Bordsduken var vit och de vita tygservetterna var konstfullt vikta. Glasen stod uppradade och mitt på bordet fanns en rosa bukett.

Gudrun tittade med stora ögon på hela arrangemanget. Maten var god och Ingemar pratade om deras nya liv som pensionärer. Kanske skulle det ändå bli bra tänkte hon.

Ingemar tog dagen därpå med Gudrun till en kyrkogård där hans släktingar var begravda. Med sig hade de en kasse med öl.

"Nu får vi leva som fattigpensionärer", sa han.

"Ja, det är så jag känner dig", sa Gudrun.

De hittade Ingemars farfars gravplats och satte dit en vas med lila astrar. Sedan satte de sig på en närliggande bänk och beundrade gravplatsen.

"Här finns kanske ännu fler släktingar begravda men det har jag inte riktigt koll på", sa Ingemar medan han halsade en öl.

"Vi får kanske börja med släktforskning", sa Gudrun. "Jag är lite nyfiken på min farmors gren."

Gudrun och Ingemar stod utanför Gretes dörr och ringde på. Hon öppnade och kastade sig över Ingemar.

"Jag är så glad över att se dig Ingemar och att få träffa dig Gudrun", sa hon medan hon lösgjorde sig från Ingemar och sträckte ut en hand till Gudrun.

De gick ut i trädgården där ett glas Campari väntade på dem. Gräsmattan var nyklippt och längs en vägg var det planterat en vinranka. Många mörkröda klasar hängde där. En kraftig svart katt strök sig kring Gudruns ben. Ingemar och Grete började att prata om ungdomsminnen och fortsatte med det under hela middagen.

Ingemar tittade in i köket. Hela diskbänken var full med porslin och grytor med matrester på.

"Det tar inte lång tid att skölja av disken och sätta in i diskmaskinen", sa han.

"Jag måste först betala några räkningar", sa Gudrun.

Ingemar suckade och började att skölja av disken. Egentligen behövde hela lägenheten städas och Gudrun borde gå igenom sina lådor men hon bara satt i soffan. Ingemar själv hade ett strikt schema för när golvbrunnarna skulle rensas och spisfläkten behövde tvättas av. Han tvättade regelbundet bilen både utvändigt och invändigt. Trädgårdsredskapen oljades in varje höst. Så visst fanns där sysselsättning.

Gudrun ville komma tillbaka till arbetslivet åtminstone några timmar i veckan. En handledare på Fontänhuset hjälpte henne med att göra ett cv och att regelbundet söka plats på nätet. Hon hade massvis med meriter, men hela tiden fick hon nej. Gudrun våldgästade flera arbetsplatser. Somliga arbetsgivare verkade besvärade och några var vänligt inställda. På somliga ställen höll hon föreläsningar om sin verksamhet, men det ledde inte till någonting.

Till sist hittade Gudrun en lokal på ett servicecentrum för äldre. Där kunde hon ha grupper. Hon samlade ihop gamla patienter, släktingar, vänner och vänners vänner och blev på så sätt yrkesverksam en gång i veckan.

Ingemar vaknade av doften av kaffe och Josefins glada skratt. Han tog på sig morgonrocken och lämnade sitt sovrum. I vardagsrummet satt Gudrun och Josefin påklädda och åt frukost. Josefin hade som vanligt tagit ett morgondopp i sjön. På bordet låg paket.

"Grattis på födelsedan", sa Josefin och så började de att sjunga: Ja må han leva.

"Tackar", sa Ingemar och fortsatte: Idag ska vi väl till Kivik för att kolla på äpplemarknaden?"

"Naturligtvis", sa Josefin.

Någon timme senare satt de i bilen. De märkte att hösten var i antågande. Bladen på träden hade börjat skifta i rött och gult.

Gudrun försökte följa efter Ingemar och Josefin. Det var svårt för där var många människor och de trängdes kring stånden. Där var många stånd med äpplen och några med grönsaker. Där var också mycket annat som brukar finnas på marknader. De tre var intresserade av olika saker. Ingemar tillbringade mycket tid vid ståndet med Fritiof Nillson Piraten, Josefin tittade på hemmagjorda skönhetsprodukter och Gudrun kollade på keramik. Men plötsligt var hon av med Ingemar.

Hon letade i sin ficka. Mobilen hade hon glömt hemma. Spanande gick hon mot äppletavlan. Artisten hann avverka många sånger innan de andra två dök upp.

Ingemar började tillsammans med sina partikamrater att smida bra planer inför nästa års val. De skulle ut på gatorna och göra reklam. De fick stå vid sitt tält och bjuda på varm korv och kaffe. Fast det viktigaste var att prata med folk. De höll också på med operation dörrknackning. Fast det ställde Ingemar inte upp på.

Han höll fortfarande på att lära upp den nye kassören. Numera var det ingen ordning på deras lokalavdelnings räkenskaper. De hade dessutom bett honom att bli kassör för hela partiet. Det var en heltidssysselsättning.

"Jag har träffat kärleken och hinner inte," sa Ingemar.

Gudrun fortsatte med sin grupp och letade samtidigt efter mer sysselsättning. Fast det var ingen stor katastrof längre. Som pensionär gick man ner i tempo. Men i hennes takt jobbade hon på att hitta någon ny sysselsättning. Hon tryckte upp visitkort och hade börjat hyra ett rum på ett massageinstitut för att ta emot patienter. Men där kom inte några.

För Fontänhusets räkning höll Gudrun föreläsningar om sin psykiska ohälsa. Hon pratade för sjuksköterskeelever som specialiserade sig på psykiatri och för socionomstuderanden. På så sätt fick hon tillfälle att framföra sina synpunkter på hur psykvården borde vara.

Ingemar höll på med valet och då var det bra att vara sysselsatt.

Ingemar och Gudrun ville bort från stan ett tag så de bokade en resa till Krakow. Men Ingemar kände av sina lungor vid ditresan. Det var inte värre än att de klarade av att fullfölja programmet. De var med på en rundvandring genom staden. Det var en gammal vacker stad och de förstod att polackerna hade varit ett utsatt folk. De åkte med till Auschwitz. Guiden var svensktalande och berättade med stor inlevelse om alla hemskheter. Och de fick ju med egna ögon se allt och förstod. Men ibland avvek de från gruppen för att upptäcka staden på egen hand.

Gudrun och Ingemar åkte med på utfärden till saltgrottan. Man fick gå ner i den flera trappsteg tills de kom in i en stor skimrande sal. En enorm takkrona av salt hängde där. De hade huggit ut flera statyer i salt. Somliga var riktigt gamla. Den polske påven var förstås med. Sedan gick de i smala saltgångar och trängdes i gruvschaktets hissar när de skulle upp.

På kvällarna hittade de konserter med Chopin. Där var en flygel, en pianist och ett glas vin i pausen. Dessa fanns i anslutning till någon restaurang där de först åt.

Vid hemkomsten hade Ingemar åter fått lunginflammation.

Ingemar grimaserade illa när han var tvungen att svälja sina antibiotikatabletter. Jämt frös han och blev fort trött. Hemma var inget att göra och han fick varken styrketräna eller springa. Men han gick långa promenader, så mycket han orkade.

Han kom på regelbundna kontroller hos en lungläkare i Tranevik. Hon hade hittat en förändring och ville att han skulle inhalera en medicin. Det var både tidskrävande och smakade äckligt. När Ingemar kom på kontroller verkade doktorn inte vara påläst utan använde besökstiden till att titta i hans journal. Och så skulle han skulle röntgas mycket ofta. Han nekade men det hjälpte inte.

Gudrun försökte muntra upp honom men det var svårt. Just i februari brukade hon själv vara nedstämd. De åkte inte ut på landet. Han orkade varken med bridge eller opera. Och lungläkaren hade sagt att han skulle undvika folksamlingar. De gick verkligen ett tråkigt liv till mötes.

En ljusglimt kom för Gudrun. Hon fick tips om att där var planer på att upprätta en friskvårdsklubb för människor med psykisk ohälsa. Den skulle bekostas av hennes Malmö stad. Än så länge var det bara på planeringsstadiet, men de skulle återkomma fick hon till svar. Tänk om man kunde bli verksam där?

Ingemar blev till sist frisk eller fisk som han brukade säga till Gudrun. Alla samfärdsmedel kallade han för båt: tåg, bilar och bussar. Det hade med vatten att göra och det var detsamma som känslor sa Gudrun.

Han började styrketräna och springa igen och hade snart uppnått full kapacitet. Det var väl det för nu måste trädgårdsarbetet komma igång. Först klippte han fruktträden och sedan fyllde han massvis med sopsäckar med bruna löv. De skulle till soptippen. Åter började tulpaner och påskliljor att komma upp. De var på landet och skulle sedan på opera. De sände även här från Metropolitan.

Gudrun och Ingemar åkte till Kivik där bion fanns och parkerade vid havet. Där luktade det tång. Sedan sökte de sig i mörkret mot villorna. De måste fråga efter vägen och fick följa efter någon som skulle till bion. De kom till ett stort vitt hus och där var bion. Den innehades av en förening. De röda biostolarna var nedsuttna men ändå bekväma. Tekniken fungerade bra. De gav Tosca och som vanligt var det hög klass. I pausen kunde man köpa hemlagade smörgåsar och hembakat. Till det kunde man även handla vin. Publiken var uppklädd och många verkade känna varandra.

Ingemar skulle idag springa Lyckebos lopp. Detta evenemang hölls varje år andra söndagen i juli. Det hade han gjort i nästan alla år som han bott här. Medaljerna hängde i sovrummet i en exakt rektangel. Han brukade skriva ner tiderna på medaljerna. Tyvärr blev de allt sämre för varje år.

Gudrun följde förstås med och fick ta hand om bilnycklar, glasögon och plånbok. Ingemars träningsshorts hade fått en reva som Gudrun hade lagat med ett material som ströks på. Egentligen brydde han sig inte, men hon tyckte det var viktigt att man hade hela kläder när man visade upp sig.

Gudrun fäste en nummerlapp på Ingemar. Han försvann för att värma upp. Löpare i alla åldrar anlände: vuxna och skolungdomar, män och kvinnor. Man kunde välja mellan två distanser. Ingemar hade alltid tagit den kortare.

Deltagarna samlades vid starten och startskottet avfyrades. Alla löpare försvann in i skogen. Gudrun satte sig i gräset med en coca-cola och väntade. Efter ett tag kom de snabbaste tillbaka påhejade av publiken. Det dröjde innan Ingemar kom trött och svettig.

Sedan lottades det ut skänkta föremål och presentkort. Så småningom fick Ingemar välja ut något och valde en ljussnigel som drevs på solenergi.

Ingemar hade antecknat sig för att dela ut röstlappar vid valet som skulle hållas detta år. Han ställde sig vid den vallokal som han hade blivit anvisad. Den var vid en av skolorna. Ingemar kände en del av de andra utdelarna. Somliga var trevliga och sympatiska. Kanske kunde deras partier samarbeta efter valet. Men där fanns också valsedelsutdelare som han inte tyckte om. Efter passet gick han själv och röstade.

Gudrun hade beställt pizzor för att de skulle följa valvakan tillsammans. Han var nyfiken på vilket parti hon hade röstat på men det sa hon inte. De åt kvällsmat tillsammans.

Gudrun och Ingemar satte sig framför teven. Många blev intervjuade och de gav prognoser. Det kunde bli besvärligt att bilda regering i år och där var nog ett regimskifte på gång sa de som visste.

"Det blir också knepigt här. Jag har ingen aning om hur det slutar. Imorgon får vi veta. Här på teven är det riket som gäller", sa han.

När valutgången var klar verkade det helt riktigt bli svårt att bilda regering.

Dagen därpå satte Ingemar sig med papper och penna och tidningen framför sig och räknade.

"Här blir det många partier som måste samarbeta", sa han.

Ingemar blev tillfrågad om att bli vice ordförande vid revisionen. Han tackade ja. Det blev en del jobb, men man fick betalt för det och det drygade bra ut pensionen. Hans grupp hade regelbundna lunchmöten och snart hade de ätit sig igenom alla lunchrestauranger i stan. Det var mat som han inte var van vid att äta och ibland protesterade magen.

Om man skulle göra det här jobbet riktigt bra borde man uppsöka de instanser som de skulle kontrollera. Det gjorde han gärna.

Men det skulle bli mycket knepigt att styra kommunen. Fyra olika partier blev valda och måste samarbeta.

Gudrun hade börjat gå på Friskvårdsklubbens möten. Hela tiden var där nya människor och vid varje möte måste de presentera sig för varandra. I detta skede inventerades det i vilka fysiska aktiviteter folk var intresserade av. Många var intresserade av att vara med på Basal Kroppskännedom, så Gudrun gjorde sig beredd att starta en grupp.

På vårkanten hölls en stor kick-off. 150 deltagare kom. De presenterade sig och sina aktiviteter.

Veckan därpå satte de igång med sina grupper. Gudrun var tillsammans med en kollega. Det kom ett fåtal deltagare till en början. Mycket var rörigt inom den här organisationen.

Ingemar sa till Gudrun att hon måste träna bort sin hälta. När de gick tillsammans gick hon ojämnt och han fick ofta vänta in henne. Gudrun borde gå på promenader dagligen men tiden räckte inte. Hon hade abonnemang på en gymanläggning och dit kunde hon gå mer ofta.

Hon tillbringade mycket tid i soffan och pratade i telefon med sina väninnor. Då blev ju inget gjort.

En gång dök Gudrun upp med en blommig käpp.

"Det gör mindre ont i höften när jag går med den", sa hon.

Hennes gång blev jämnare och hon gick snabbare när hon använde den.

Gudrun visste sedan länge att hon hade en utbredd artros. Men nu gjorde det riktigt ont i höftleden. Hon blev ordinerad artrosskola och gick på den. Efter denna träning kändes det bättre.

Hennes käpp var hopfällbar och det var bra för då kunde hon ha den i sin korg när hon cyklade.

Förr eller senare måste hon opereras, men hon hade inte tid för det nu. Så ont gjorde det inte ännu. Läkarna dröjde också med sådana åtgärder till in i det sista .

Ingemar var som vanligt snäll och omhändertagande och hjälpte henne med tunga lyft när hon behövde det.

Ingemar slog upp ögonen. Återigen hade han drömt om det svarta rovdjuret. Han knuffade till Gudrun.

"Det känns inte bra med festen. Det där djuret har dykt upp igen."

"Det är bara dina känslor, Ingemar. Du är helt enkelt inte van vid att anordna fest."

"Jag vet att du också tycker det är tufft med de gäster som vi ska bjuda."

"Jo, det känns, men det är bara att jobba igenom sig det. Jag vet att i slutändan blir det bra."

"Det tror inte jag att det blir. Det hela känns riktigt läskigt."

"Vi måste få till det här."

Gudrun öppnade laptopen.

"Vi måste i första hand leta efter en bra lokal. Vi har redan fått några avslag."

"Måste vi göra festen så stor? Bra lokaler är så dyra."

"Här är en som verkar lämplig, stor och inte dyr."

"Och all maten då?"

"Jag tänkte laga något som verkar gott och som jag aldrig gjort tidigare."

Ingemar tog sig för pannan och stönade.

"Jag förstår verkligen varför jag drömt om det där rovdjuret. Det kommer att förfölja mig tills festen är över."

"Men sen blir det riktigt bra och då brukar man må fint."

"Vi får hoppas på det."

Ingemar fortsatte att drömma om djuret. Det blev alltmer aggressivt.

"Det här känns absolut inte bra, kan vi inte ställa in?"

"Nu när vi fyller jämnt är det väl inte helt fel att våra släktingar lär känna varandra", sa Gudrun.

Det var svårt att hitta en ledig lokal för det var uppbokat överallt trots att de var ute i god tid.

Till sist hittade de en gammal teater. Den var egentligen för stor, men det kunde vara bra för där var många barn. Där var en scen och plats för många åskådare.Vidare var där ett kök med en lokal som användes som café. Det var Aresta kommun som hyrde ut den.

Den var prisvänlig så den tog de.

Gudrun stod med Ingemars och sina syskonbarnbarn omkring sig. De nådde upp till hennes midja. Flickorna hade tyllkjolar med volanger på sig.

"Vi vill spela teater", sa de.

"Först blir det tårta", sa Gudrun.

Alla hade presenter med sig trots att Ingemar och Gudrun hade undanbett sig det.

Sällskapet bestod av 14 vuxna och 9 barn. Gudruns släkt dominerade. De båda släkterna hade aldrig träffats tidigare.

Joakim satte sig med sin tårtbit bredvid Ingemars systerdotter och dennes lilla dotter.

De andra höll sig till sin släkt.

Ingemar klappade i händerna när de ätit upp.

"Nu har jag lagt en tipsrunda runt huset. Den handlar om 1946, vårt födelseår."

De blev indelade i sex lag. Både vuxna och barn deltog. Gudrun och Ingemar hade sett till att de båda släkterna blandades ordentligt. De hade också tagit hänsyn till de olika generationerna.

Det var gassande varmt ute men gästerna var klädda därefter. Männen och några av kvinnorna bar shorts. Ingemar gick förbi de olika lagen och hörde mycket stånk och stön. Det verkade vara svårt.

Han hade hittat frågorna på nätet och de handlade om Tage Erlander och Greta Garbo bland annat.

Han tyckte att han behövde utmana släktingarna.

Gudrun tog emot med en kall drink när de var klara med tipsrundan. Nu började de båda släkterna att prata med varandra. Joakim höll ett litet tal och sedan sjöngs det och hurrades det för Ingemar och Gudrun. Ingemar klirrade i glaset och sa:

"Vi har dukat i stora salen men maten måste in."

Den var beställd från en cateringfirma. Stora fat bars in fulla med kött, grönsaker och frukter. Det var en kaskad av färger. Till det bjöds på en grön, en röd och en gul sås.

De placerade även vinboxarna och Ramlösan på ett angränsande bord.

De bänkade sig och nu blandades släkterna och generationerna med varandra.

Ingemar och Gudrun tittade sökande efter sina syskon-barnbarn men de hade försvunnit upp på scenen. Ridån var fördragen men höga röster och en del skratt hördes därifrån.

Det var svalt och skönt i den skuggiga salen. Utomhus var det fortfarande varmt. Ingemars och Gudruns släktingar försåg sig med mat och vin.

Gudruns brorson och Ingemars systerson fann varandra. De började prata om olika årgångsviner.

De andra pratade om omröstningen och Brexit.

Plötsligt gick ridån upp. Barnen hade hittat en del scen-kläder som de tagit på sig. De uppförde sketcher och sjöng och ville inte sluta. Föräldrarna fick gå upp till scenen för att hämta ner dem.

Gudrun och Ingemar sa adjö till gästerna vid ettsnåret. Det kramades och alla tyckte att kalaset hade varit mycket lyckat.

De båda gick runt i lokalen och tittade på matresterna och allt annat som var uppställt.

"Vi får börja med att packa bilen full, hoppas allt får plats. Det är väl att vi har kylväskor", sa Gudrun.

"Och sedan ska lokalen städas", sa Ingemar och tittade i städskåpet.

De torkade av borden och våttorkade golven. Lokalen lämnades i bättre skick än som de tagit emot den.

Dagen därpå ringde alla släktingarna och tackade för senast. De var mycket nöjda.

Ingemar höll ställningarna här hemma. Gudrun hade gett sig själv en USA-resa i födelsedagspresent. Hon skulle på en skrivarkurs med Ann Ljungberg, men de skulle vara lediga på eftermiddagarna. På kvällarna ringde han för då var det morgon hos henne. Hon bodde i Haarlem trots Ingemars synpunkter om säkerheten där. Men Gudrun verkade känna sig trygg där.

Hon skickade även över bilder på olika sevärdheter. Första dagen åkte hon båt till frihetsgudinnan och besökte Point Zero. Ingemar frågade när hon skulle besöka FN-huset men det hanns inte med. Sista kvällen gick hon på Metropolitan. En våg av längtan sköljde över Ingemar. Han hade velat vara med henne.

Gudrun bodde på ett airbnb hos en spanjorska med två katter. Kvinnan gick tidigt på morgnarna och kom hem sent. Då satt Gudrun där ensam med katterna och försökte bekanta sig med dem.

Kursen började tidigt på morgnarna. De flesta kursdeltagarna bodde i det hus där kursen hölls. De satt vid det stora bordet och skrev på eftermiddagarna och då gjorde Gudrun New York. Det var en vänlig stad trots att den var stor.

En kväll gick hon ut med skrivargänget för det var Halloween. Halva New York hade klätt ut sig. Processionen var enorm. Sedan besökte de en jazzklubb.

Ingemar rådde Gudrun till att avsäga sig kassörskapet. Friskvårdsklubben hade fått bidrag från kommunen och därmed en betydligt större budget. Men nu ville de att hon skulle bli ordförande.

"Det kan du inte. Det är för mycket jobb", sa Ingemar. Han hade själv jobbat mycket i ideella föreningar och visste. Först var han kassör i hembyns idrottsförening och sedan i partiets lokalförening.

"Om du antar det så blir du aldrig fri från det."

"Men det finns ingen annan som vill eller kan", svarade hon.

Hon blev förstås vald på årsmötet och innan påföljande styrelsemöten måste han bistå med många goda råd.

Gudrun fick slänga sig rakt i det okända som ordförande. Det var väl att Ingemar och andra hjälpte henne vid styrelsemötena. Föreningen var i ett uppbyggnadsskede. Administratörer måste anställas så det blev många turer till arbetsförmedlingen och andra myndigheter. Gudrun fick skriva under en massa papper och kände vilken makt hon hade fått. Nätterna blev sömnlösa.

Men det var ett halvtidsarbete och helt ideellt. Många ringde henne och ställde frågor. Gudrun visste egentligen inte vad hon skulle svara, men ett bra svar förväntades av henne.

Där var stora problem med personalen och möten måste hållas för att reda ut det.

Ingemar konstaterade att Gudrun gick allt sämre och alltid använde sin hopfällbara, blommiga käpp. När de stod och väntade på något så satte hon sig helst. På vårdcentralen föreslog de artrosskola igen. Hon fick kämpa för att få en tid för röntgen. Det visade sig vara en långt gången artros och hon ställdes på väntelista för en ortopedkonsultation. Hon ville opereras i sin hemkommun för där fick man bättre rörlighet i höften. Ja, Ingemar förstod sig inte på det, men han följde med till doktorn och denne förklarade. Hon ville vänta till hösten med operation och njuta opåverkad av sommaren.

Gudrun fick ryggbedövning som inte tog meddetsamma. Då sövde de ner henne. Operationen gick bra och hon fick stanna någon dag på sjukhuset. Sedan kom Ingemar och hämtade Gudrun och körde henne hem. Nu tog hon regelbundet morfin.

Gudrun fick hemtjänst och sjukresor. De hämtade hennes tvätt varannan vecka, någon handlade åt henne och de kom hem och städade. Det var olika människor varje gång. Somliga blev hon kompis med, andra inte.

Gudrun tränade regelbundet hos en före detta kollega. Det gick allt bättre.

Ingemar lagade mat, dukade och bar in fyllda kaffekoppar till soffan där Gudrun satt. Under de första sex veckorna gick hon med två kryckkäppar och då var det svårt att vara rörlig.

Ingemar och Gudrun hade mycket att ta igen när hon efter några månader var återställd. Under flera helger blev de bjudna till än den ena och än den andra. Ibland hade de två åtaganden per helg. Ingemar skakade på huvudet, men de ville inte missa något. Det njöt av varje lunch eller middag men allt gick i ett. De som var vana vid att man åkte till landet minst varannan vecka. Ingemar började känna av sin mage ännu mer. Det var så illa att han inte kunde sova på nätterna. Han måste hålla strikt diet, bland annat börja med havregrynsgröt på morgonen.

Gudrun förstod att hon hade missat något när de äntligen fick en helg på landet. De var sedan länge inprogrammerade på att vara ute på landet varannan vecka. Nu gick det långsamt att komma tillbaka till lugnet..

Ingemar fick alltmer ont i magen och det oroade honom. Han började gå ner i vikt och hade ingen matlust. Gudrun tjatade på honom att äta, men det lyssnade han inte på. En deltagande väninna mejlade över en artikel med dieter som var bra för magbakterierna. Rödbetor och fetaost var ok men när Gudrun serverade surkål blev det tvärstopp. Det kunde hon egentligen förstå.

Ingemar läste med intresse i Traneviks Allehanda om en kvinna som framgångsrikt hade botat folk med magont. Efter viss tvekan beställde han tid hos henne.

"Det här ska gå att bota", sa hon med stadig röst.

Hon undersökte Ingemar och han fick köpa en massa dyra mediciner. Han fick även en lång lista på vad han fick och inte fick äta.

Gudrun använde all sin uppfinningsrikedom för att hitta maträtter som var bra för honom och hans mage. Men han blev bara sämre. Näringsterapeuten lät honom köpa ännu fler dyra mediciner och det medförde inget resultat. Till sist avslutade han denna behandling.

Gudrun tjatade på Ingemar för det verkade som om han hoppade över sina måltider. Hon blev alltmer desperat. Kanske blev det så mycket att det var otrevligt. Han ringde vårdcentralen och där var alltid en vänlig men stressad sjuksköterska som svarade. De hade ont om läkartider men till slut fick han en, men Ingemar fick vänta några veckor innan han kom till. Under tiden gick han allt mer ner i vikt.

Doktorn föreslog honom att uppsöka en dietist. Han fick en låda med näringsdrycker. Dessa planterade han in på lite olika ställen: i sitt kylskåp. på landet och även i partilokalen.

Ingemar sov aldrig. Alltid ont. Ljuset i köket var ofta tänt på nätterna. Han satt där då framåtböjd med kortleken framför sig

Doktorn på vårdcentralen sa att det berodde på oro och stress. Bara han lugnade ner sig och tog sin medicin skulle det bli bra.

Doktorn hade inte koll på att han hade gått ner så mycket i vikt på kort tid. Det måste vara något annat. Men hur skulle han någonsin få veta? Dörren till vård verkade vara stängd.

Gudrun sov oftast gott om nätterna men han fick väcka henne om det behövdes. Nu behövde han lite sällskap.

Gudrun kände att Ingemar knuffade till henne. Hon vaknade meddetsamma.

"Hur är det?"

"Det förstår du väl. Jag fördriver tiden med att spela bridge med mig själv, men jag får inte upp några intressanta givar."

Gudrun gnuggade ögonen och orkade knappt tänka ut något vettigt svar. Det var så synd om honom. Om han bara kunde få hjälp.

"Kan du inte hitta någon bra musik på youtube? Det brukar lugna."

"Ska försöka. Jag hör att du är trött och du som kan bör sova."

"Jo, där är en del att göra imorgon."

"Jag ska också lägga mig nu. Godnatt."

Ingemar sa till lungläkaren:

"Idag ska vi prata om min mage, inte mina lungor."

Doktorn såg något konfunderad ut.

"Jaha, och vad är det med din mage?"

"Jag har så ont på nätterna och ingen vill hjälpa mig."

Du har nog magrat en del sedan vi sågs sist. Jag kan skicka dig på en gastroskopi men nu måste vi också prata om dina lungor."

Där var inget att se på gastroskopin, så Ingemar gick till ett café och firade genom att inhandla en stor bakelse. En sådan som alla näringsterapeuter hade förbjudit honom att äta. Han njöt i stora drag.

Gudrun försökte lindra men Ingemar hade fortsatt ont. Lungläkaren hade pratat om en ct. Men vid påföljande besök ville hon bara prata om lungor.

"Du får gå till din vårdcentral", sa hon.

"Du måste tjata. Ringer man tillräckligt många gånger så ger de sig", sa Gudrun.

Han hann prata med många sjuksköterskor innan doktorn remitterade honom till en magspecialist. Där sattes han på en väntelista. Han bönade och bad om att få komma och kom till sist på ett återbud.

"Du är en orolig själ, men din viktminskning är inte bra. Jag tänker skicka dig till en ct", sa magdoktorn.

Ingemar satt åter hos doktorn som hade svaret från undersökningen framför sig. Doktorn suckade och sa:

"Du har tyvärr cancer i bukspottkörteln."

Ingemar ryckte till sedan började stora tårar rinna utmed kinderna. Han snörvlade fram:

"Du måste hjälpa mig så jag blir botad."

Doktorn räckte fram en pappersservett och sa:

"Jag kan skicka dig till ett team som opererar. Jag vet inte när de har möten så det kan ta lite tid."

Ingemar vred sina händer och sa:

"Det måste gå så fort som möjligt:"

Doktorn nickade, gick fram och la en hand på Ingemars axel.

"Ska försöka", sa hon.

Gudrun ringde Ingemar. Det tog lång tid innan han svarade. Till sist sa han:

"Det var inte alls bra. Cancer i bukspottkörteln."

"Ojdå, sa Gudrun: "Vad ville doktorn göra åt det?"

"Det ska visst gå att operera."

Gudrun tänkte att hon måste ha lite tid för sig själv, kolla upp diagnosen, kanske hälsa på Sara. Hon sa att hon hade ärenden men Ingemar ville hem så fort som möjligt. Till kvällen skulle de träffas.

På väg till Sara läste hon på om bukspottkörtelcancer i mobilen.

Sedan ringde hon på. När Sara öppnade började Gudrun gråta. Sara slöt henne i sin famn.

Ingemars ögon var fästa på doktorn.

"Jag vill veta när jag kan bli opererad", sa han.

Det blev tyst en stund. Man kunde bara höra väggklockans tickande. Sedan tog doktorn till orda:

"Tyvärr är det för sent. Det är bara cytostatika som gäller för din del."

"Men", sa Ingemar: "Och sen då?"

Det blev tyst igen. Ingemars ögon fylldes med stora tårar.

"Jaha, och hur lång tid är det fråga om?"

"Svårt att säga men man brukar känna sig bättre efter denna sorts behandling."

"Men inte hur länge som helst?"

Ingemars ögon sökte Gudruns. Hon sinhand på hans händer.

Gudrun var innesluten i Ingemars bubbla

"Jag lämnar dig inte ur sikte. Nu behöver jag hela dig."

De satt tätt bredvid varandra i soffan med den röda kaffekannan framför sig. Ingemars ögon var fixerade på Gudrun.

Hon suckade. Det var bra att han hade pratat med doktorn, att han nu också visste.

Han behövde alltid en doktor som berättade, det hade hon lärt sig av erfarenhet.

De hade hämtat ut morfin på apoteket och Ingemar hade just tagit den första dosen. Nu skulle bara hans svåra smärtor släppa och sedan skulle allt bli lugnare. Det hoppades hon på.

Ingemar fick en tid hos onkologen och Gudrun följde med. Doktorn gick igenom hans behandlingsplan. Varje vecka skulle de hälla i honom cytostatika. Först skulle han få en sort och sedan en annan som man tappade håret av. De måste operera in något under hans nyckelben, där de kunde ge honom behandling. Hans arm skulle inte klara av alla cellgifter. Det lät obehagligt. Hoppas det var kvinnor, som kom att hjälpa honom. De brukade ha ett mjukare handlag. Han berättade att han var nämndeman och jobbade efter ett bestämt schema. De tittade bekymrat på honom, men lovade att försöka anpassa sig.

Gudrun och Ingemar gick därefter ner till psykologen. Hon pratade bland annat om vågskålen. I den ena skålen fanns allt positivt och i den andra allt negativt. Ingemar var meddetsamma med på noterna.

När de kom hem pratade han bara om trevliga saker som gamla minnen och vad de skulle göra på landet till sommaren. Någon gång kom bekymmersrynkan fram, men den byttes ut mot ett leende och han fortsatte att prata om sina bra saker.

Där var en del allvarliga saker som de hade behövt prata om. Men det blev aldrig av. Det fick Gudrun reda ut alldeles själv.

Ingemar var nu nästan alltid smärtfri och då gick det att tänka klarare. Men han blev alltmer orkeslös. Han som tidigare sprungit regelbundet orkade på sin höjd med promenader. Det var jobbigt att hålla ordning på lägenheten. Det var alltid han som for som en skottspole än med dammvippan, än med dammsugaren. Gudrun handlade, ordnade med fikor och lagade mat. Nu försökte hon hjälpa till med mycket stön och stånk. Ingemar satt då spänd i sin fåtölj, han hade gärna velat hjälpa till

Det var bra att han tidigare hade rensat ut och att alla hans papper var i ordning.

Gudrun visste varken ut eller in. Deras nya lägenhet var lagom för två personer men för stor för en både gällande utrymme och ekonomi. Hon längtade tillbaka till Malmö och började titta efter lägenheter, helst nya. Hon drömde om något vid havet, gärna nära ett bageri och med möjligheter till catering. Tyvärr var det dyrt. Ingemar granskade henne när hon läste och tittade på den uppslagna sidan i tidningen

"Det får bli när jag inte finns", sa han med gråt i rösten.

Detta åtföljdes av ett leende och de började att prata om roliga saker.

Gudrun fick grunna själv.

Ingemar fick mycket bra kontakt med sin onkologsköterska. Hon lät honom berätta till punkt medan hon lyssnade med spetsade öron. Sedan sattes behandlingen igång. Han fick en nål i armen och så anslöts droppet. Gudrun var med honom och assisterade. Hon hämtade saft till honom och kaffe till sig själv. Efter någon timme var behandlingen avslutad.

Dagen därpå började helvetet. Ingemar mådde riktigt dåligt. Han blev yr, illamående och ifrågasatte sin existens här på jorden. Sköterskan hade sagt att han kunde känna av det men att det skulle bli så illa förstod han inte. Påverkad av Ingemars oro ringde Gudrun till jourhavande sjuksköterska.

Gudrun lyssnade på onkologsköterskans samtal med Ingemar en vecka senare. Sköterskan grävde och förhörde sig om alla hans upplevelser och känslor kring den första behandlingen. Ingemar tog chansen och berättade om hur verkligt illa han hade mått. Ingemar och Gudrun fick prata med en läkare och det bestämdes att dosen skulle minskas och att Ingemar skulle inte ha fler sorters cytostatika. Inte den som man tappade håret av.

Senare i veckan sattes en port in under hans nyckelben. Det gjordes under lokalbedövning.

"Medan de höll på att operera så rabblade jag hallon, krusbär, jordgubbar och då log narkossköterskan vänligt mot mig", sa Ingemar.

Ingemar kände sig lite bättre efter några veckor. Nu var det hopp om livet. En gång när de satt med sin fika fick han plötsligt ett infall och frågade:

"Vill du gifta dig med mig?"

Gudrun såg först lite förvånad ut men sedan sa hon att det ville hon mycket gärna.

"Det får bli så enkelt som möjligt. Bara vi två, en vigselförrättare och bröllopsvittnen. Och det ska förstås vara en borgerlig vigsel."

"Jamen vi får väl klä upp oss och gå ut och äta efteråt. Vi måste fira det ordentligt."

Mot det kunde han inte göra några invändningar.

Gudrun hade köpt en blommig klänning och hade varit hos frissan i sin hemstad på bröllopsdagen. Hon tog tåget tillbaka, Ingemar mötte upp vid stationen och de gick till rådhuset, där vigselförrättaren tog emot. Ingemar var nyklippt. Ur sin väska tog han fram brudbuketten: några gula rosor.

"Frisören blev förskräckt när hon hörde att jag inte hade någon brudbukett, så hon klippte av några rosor från sin buske."

Bröllopsakten började. Vigselförrättaren läste en dikt av Ferlin: Ditt hjärta är mitt och mitt hjärta är ditt och aldrig lämnar jag det åter.

Det blev ett mantra för dem under flera dagar.

Ingemar hade så mycket att göra på landet och allt gick så långsamt. Alla häckar måste klippas och där var en ständig kamp mot ogräset i rabatterna. Han ville ha det lika fint här som alltid. Egentligen borde han måla en sida på huset också, men det orkade han inte.

En morgon knackade det på dörren. Det var grannen och Gudrun tog emot. Ingemar brukade vara sen på morgnarna, men for upp när han hörde grannen.

"Vi tänkte klippa häcken som går längs din tomtgräns."

Men kunde han anta ett så generöst erbjudande?

"Jo, vi gör det", sa grannen bestämt.

Gudrun sa efter häckklippningen: "Nu har jag tid att gå runt sjön."

"Ja, idag har mycket blivit gjort utan att man har ansträngt sig", sa Ingemar och tillade:

"Jag följer gärna med."

De började vandringen. Först kom de till badplatsen och sedan gick de nära sjön. Trädgrenarna hängde ner över vattnet och speglade sig i sjön.

"Ja, här har jag sprungit många gånger och nu orkar man knappt gå", sa han medan han flåsade fram.

Han fick sätta sig på stubbar många gånger innan de kom hem.

"Nu har jag sett sjön för sista gången i mitt liv", sa Ingemar.

Ingemar satt på verandan och lyssnade på Gudrun i mobilen. Hon hade åkt från honom och var på någon andlig kurs på Livsuniversitetet på Väddö i Roslagen. Hans ögon vilade på sin blommande jasminbuske samtidigt som han hörde vad Gudrun sa.

De hade praktiserat frigörande andning och haft en del övningar som påverkade på djupet. En och annan tår hade fällts.

"Och hur är maten då?" frågade han medan han betraktade sin portion köttbullar.

"Bara vegetariskt men riktigt gott."

Ingemar försökte föreställa sig hur det kunde smaka men fick inte ihop det riktigt.

"Du låter tveksam men det är gott och man mår bra av det."

Gudrun skyndade in till kurslokalen. De var indelade i grupper och pratade. Det lättade alltmer och Gudrun började avslöja lite av sina psykiska problem. De andra lyssnade och gav henne ibland en kram.

Så sattes musiken på, de började dansa och en man grep tag i henne. Han var lång och dansant. Han var från USA. Han tog henne vid handen och de gick utomhus. De gick på en smal stig kantad av hasselbuskar. Hon kunde berätta allt om Ingemar för honom. Han hade haft en fru som dött i cancer. De gav varandra en kram och sedan skildes de åt.

Ingemar blev ordentligt granskad av onkologsköterskan påföljande gång.

"Du har blivit gul i ansiktet. Jag måste prata med doktorn", sa hon och försvann ut ur rummet.

Ingemar vände sig till Gudrun.

"Det här har jag inte märkt något av", sa han.

"Jo, jag har sett det men det var onödigt att oroa dig." Läkaren kom och tittade på honom:

"Vi får ta några prover och du måste röntgas. Vi behåller dig här tills vidare."

"Men jag vill ut på landet så fort som möjligt", invände han.

"Vi måste titta på resultatet först innan vi bestämmer något", sa doktorn.

Gudrun kände sig pressad för de var bjudna på en fest till vänner de inte träffat på länge.

Men det visade sig att en stent måste opereras in och det kunde ske efter några dagar. Det var ont om personal nu på sommaren.

"Men då kan jag lämna sjukhuset och komma tillbaka", sa Ingemar.

Läkaren var en ung kvinna med hästsvans och glasögon. Hon hade en fyrkantig brosch på sig där det stod läkare med stora röda bokstäver.

"Det är tryggast för dig att vara kvar här."

"Jag mår inte bra på sjukhus. Det är bättre på landet", sa Ingemar.

Ingemar och Gudrun fick efter många om och men komma iväg. Men det blev ett flertal turer mellan den lilla läkaren och bakjouren. Där var stränga order om när han var tvungen att vara tillbaka.

Gudrun körde till landet. De njöt av att vara tillbaka, andas in skogsluften och uppleva stillheten. Där var inte många ljud som nådde hans tomt.

De var precis i tid för att komma till festen men just innan de kom fram hade en hord kor placerat sig på deras väg. Det tog tid innan de blev bortfösta.

Ingemar tog det lugnt men Gudrun hade bråttom.

Gudrun tittade på Ingemars ansikte som var fullt av rynkor.

"Jag kör dig dit och sen åker jag hem". sa han.

"Du kan väl åtminstone gå med och hälsa."

Väl där blev de erbjudna en drink. Gudrun fick skumpa och Ingemar alkoholfritt. Han såg oklanderlig ut i sin blå skjorta. Han ställde sig bredvid värden och de pratade fotboll.

"Jag kan köra henne hem", sa en gäst.

Gudrun försökte minnas gamla tider tillsammans med de andra samtidigt som hon tänkte på hur Ingemar hade det och hur han mådde.

När hon kom tillbaka satt han som vanligt i sin fåtölj.

Ingemar förbereddes inför operationen. Han var fastande och steriltvättad. Under operationen kom han inte överens med sköterskan. Hon grälade på honom. Det var inte så lätt att ligga på mage på en smal hård brits när man var så mager. Dagen därpå skulle han vara nämndeman i förvaltningsrätten. Det ville han till inget pris missa och efter en viss tvekan hade doktorn gett sin tillåtelse. Kostymen var med och Gudrun hade köpt en rosa rutig skjorta till honom. Med en nål instucken under nyckelbenet gav han sig iväg med taxi. Efter några timmar kom han tillbaka trött men mycket nöjd.

Gudrun och Ingemar var ute på landet och de var bara tillsammans med varandra. Ingemars gula hudfärg hade försvunnit men han var fortfarande trött och hade som vanligt ingen matlust. De började summera deras relation under de gångna åren.

"Dessa år är de allra bästa jag har haft under mitt liv", sa han.

"Jo, vi har hunnit med en hel del", sa Gudrun och fortsatte:

Jag är så tacksam för att du har hjälpt mig att lära känna tillit. Det blir svårt men det kommer att gå att komma vidare utan dig."

Då började han gråta och de kramade om varandra.

Ingemar måste ha ett stöd för allt hade blivit så tungt. Han hittade Gudruns käpp ute på landet. "Den är på tok för låg, när jag kommer hem ska jag ta fram en kryckkäpp till dig", sa hon.

Joakim med sambo var bjudna till dem på lunch och bridge en söndag. Det ville han absolut inte missa. De åkte och handlade mat. Nu var det Gudrun som körde. Det var underförstått att han inte klarade av bilkörning längre. De handlade kalkon och ingredienser till en grön sås. Till efterrätt skulle Gudrun baka en kaka. "Det blir lättlagat", sa hon.

Gudrun tog emot gästerna. Ingemar hade blivit så långsam och när de pratade med honom tog det mycket lång tid innan han svarade. De hade ringt och pratat med sjukhuset. Kom hit så fort ni kan var svaret. Men vad kunde de göra en söndag i semestertider? Ingemar ville vara på landet så mycket som möjligt.

Han åt lite av maten för det ska en värd göra men Gudrun märkte att det tog emot.

Så tog de fram kortleken. Det gick långsamt för Ingemar men kvalitén på spelet var det inget fel på. Allra sist spelade han hem tre sang.

Ingemar och Gudrun åkte iväg nästa dag. De skulle hem för att fixa med tvätt och annat. Och så måste Ingemar till onkologen i Malmö. Han orkade inte gå rundan runt huset för att inspektera att allt var som det skulle utan det gjorde Gudrun.

"Jag kör dig direkt till sjukhuset. Allt det andra fixar jag sedan", sa hon.

"Jamen det blir för mycket körande för dig."

Gudrun var obeveklig och snart var de utanför onkologen.

"Klarar du dig själv upp till avdelningen?"

Han nickade och började gå vinglande på hennes käpp. På avdelningen blev han omedelbart förd till en säng.

Gudrun ringde Josefin när hon kommit hem. Hon och syskonbarnen åkte meddetsamma till sjukhuset. Hemma var mycket att göra med tvätten, vattna blommorna och slänga sopor. Inte förrän på eftermiddagen kom hon tillbaka till sjukhuset. Då var hela sällskapet installerat där. De försökte muntra upp stämningen och pratade om gamla goda minnen. Ingemar måste iväg på en undersökning. När hans släktingar tog farväl kramades det extra mycket och tårar fälldes.

På kvällen blev Gudrun kallad till den lilla läkaren.

"Det är mycket allvarligt", sa hon.

"Bör jag sova här i natt?" frågade Gudrun.

"Det är en bra idé", sa hon.

Ingemar kramade om Gudrun när de vaknade. Men allt var för svårt och obegripligt. Han flydde in i sina matematiska formler. De som han lärt sig när han läste på universitetet. Han rabblade dem tyst för sig själv. Gudrun tittade undrande på honom. Josefin ringde.

"Jag flyger med en hastighet på två gånger pi", sa han till henne.

Sköterskan kom med medicin.

"Vi ska ge dig lite medicin så du inte stirrar till det så mycket", sa hon.

Några timmar senare kom han ordentligt till sans och skämdes.

"Jag bara yrade till lite", sa han.

"Det gör inget", sa Gudrun.

Gudrun tänkte på två gånger pi. Det var ju som två cirklar, som en liggande åtta alltså oändligheten. Det var kanske inte så tokigt. Han bara uttryckte sig konstigt.

Ronden kom.

"Vi ska flytta dig till ett ställe där de tar hand om dig bättre", sa doktorn och nämnde adressen.

"Det var där en kompis slutade sina dagar", sa Ingemar.

Rummet på detta ställe var stort och luftigt. Gudrun blev tilldelad en turistsäng som var bekväm.

Doktorn kom, en medelålders kvinna med långt grått hår och glasögon.

Hon pratade med Ingemar och sedan med Gudrun i enrum.

Ingemar fick varken äta eller dricka och led av det. "Det är risk för att det kommer upp igen och det blir mycket obehagligt. Du får bara fukta munnen", sa sköterskan.

Han blev allt tröttare och orkade inte prata. På sista tiden hade hans röst förändrats. Han hade blivit hesare. Ingemar som varit riktigt bra på att sjunga.

Hans syster kom och Gudrun åkte hem för att vila sig. Då hände något mycket obehagligt. Allt rann ur honom och det gjorde ont. Han stönade högt när personalen skulle rengöra sängen.

Men de gav honom medicin för hans oro. Det lugnade.

Gudrun sjönk ner i sin säng därhemma. Det behövdes. Men så ringde sköterskan. "Det har hänt en incident och han har blivit sämre. Han andas annorlunda."

Gudrun rafsade ihop lite saker och skyndade tillbaka. På avdelningen hade de tagit fram en radio med cd-spelare. Gudrun hade med sig några cd-skivor. De satte på Bruckners violinkonsert.

Ingemar andades tungt och de flackande ögonen var fästa på henne. Personalen kom regelbundet in och kontrollerade hans puls och allmäntillstånd.

När Josefin var ute och hämtade kaffe gav Gudrun honom en puss på männen. Han plutade lite med läpparna. Sedan föll huvudet åt sidan.

Ingemar flyger nu på riktigt och hamnar ovanför det som var hans säng. Han är förvånad. Han som trodde att allt var slut efter döden och nu har han en annan dimension.

Sköterskan kommer in och känner på hans puls. Sedan lägger hon en arm om Gudrun som börjar gråta.

Ingemar blir klädd i sina gråa shorts och den rosa rutiga skjortan. På cd-spelaren sätter de på något av Beethoven.

Gudrun och hans syster kommer in och sätter sig hos honom. Sedan måste Josefin passa ett tåg och beger sig iväg.

Gudrun samlar ihop hans tillhörigheter och lämnar hans kropp.

Gudrun lastar bilen med Ingemars prylar. Det känns så tomt när hon kommer hem. Hon sätter sig i soffan och gråter. Sedan ringer en väninna som bor i Danmark

"Jag kommer till begravningen. Jag behöver ändå komma till Sverige."

Därefter pratar hon med de båda bröderna och även en del vänner. På så sätt kan man hålla borta känslan av tomhet.

Men till slut är där inga fler att ringa och vad nu då? Allt är så mörkt och trist.

Sedan tänker hon på allt som måste ordnas med begravning och deras gemensamma hem.

Denna kväll blir det mycket svårt att somna in.

Ingemar hör upprörda röster i partilokalen. Många förtvivlade ansikten.

"Hur ska vi klara oss utan Ingemar? Han som gjorde så mycket. Det är en chock för oss."

Det skulle de ha tänkt på tidigare. När han levde hade han velat att de skulle ha förstått och visat sin uppskattning.

"Han är med på fotot som vi har inför valet och det vill vi att han ska vara."

Naturligtvis skulle han det, men Gudrun måste få veta.

"Det är nog bäst att jag ringer och talar om det för henne", säger deras vigselförrättare.

"Så får jag också höra hur hon mår."

Gudrun sitter och gråter på en bänk utanför kyrkan. Solen värmer. Klockan blir elva på förmiddagen och kyrkklockorna börjar ringa. Det är Ingemars själaringning. Tårarna forsar. Någon går förbi och tittar men hon bryr sig inte. Klockorna ringer länge tycker hon och det blir inte något slut på tårflödet.

Men plötsligt är det som om en fläkt av luft rör vid hennes axel. Hon känner sig berörd av en luftvarelse, som vill lugna och vara omhändertagande. Det måste vara Ingemar. Sedan ringer det i hennes mobil. Det är deras vigselförrättare. Det blir ett samtal med många tårar och det lättar.

Ingemar sa när han levde att han ville ha minsta tänkbara begravning. Inte förrän efter begravningen skulle alla informeras. Nu har Gudrun och Josefin ställt till det så att alla som vill och kan ska få komma. Nåväl många har varit till ett stöd för honom under hans sista dagar så de mår nog bra av att få säga adjö. Där ligger hans kropp i kistan. Runt omkring buketterna. Där är ganska många. De är från partiet, domstolarna, anhöriga och vänner. Prästen känner han väl genom politiken. Han håller ett mycket personligt griftetal. Sedan omfamnar han kistan och välsignar Ingemar.

Gudrun sitter ensam längst fram i kyrkan. Josefin och syskonbarnen med familjer sitter på en bänk bakom. Gudrun har den svarta handstickade näsduken framme och använder den regelbundet.

Det blir hennes tur att gå fram och lägga hennes röda ros. Hon står kvar en stund vid kistan. Sedan följer de andra. De flesta känner hon igen. De som hon inte känner presenterar sig vid utgången som före detta kollegor eller elever.

Det följer en minnesstund i församlingshuset. Det bjuds på smörgåstårta och kaka till kaffet. Gudrun sitter bland bröderna med respektive. Hennes bröder har tagit på sig vita slipsar.

Ingemar vet att där är mycket med hans angelägenheter som måste ordnas men Gudrun sitter bara i sin soffa och gråter och så äter hon för mycket. Hon har blivit tjockare. Men hans syster och hennes bror hjälper till.

Hon borde gå ut på promenader och när hon inte har något annat att göra kunde hon städa hemma hos oss. Det behövs och är också en värdefull aktivitet.

Hon pratar ofta i telefon med sina vänner. De flesta av dem mår mycket dåligt och några vill till och med ta livet av sig. Hon borde inte syssla med sånt nu.

Gudrun tänker ofta på en bubbla där de två svävade omkring. Men nu är det inte så längre. Han ska bort och hon ska vara ensam i sin bubbla. Hur ska hon klara av det? Det förstår hon inte riktigt.

Så fort som hon är ensam så måste hon ringa och prata med någon. Det är viktigt att ha folk omkring sig även om somliga av vännerna mår dåligt.

På vårdcentralen upptäckte de ett förhöjt blodtryck. Gudrun måste tillbaka dit om någon månad för att åter kolla. Hon måste skärpa sig för hon vill inte börja medicinera för det.

Ingemar svävar runt på altrenativcentrat, Gudrun sitter till-
sammans med de andra i köket. Hon har sin näsduk bredvid sig.
Ingemar försöker klappa henne på axeln. Hon rycker till och
börjar gråta. Andra lägger sina händer på hennes axlar och för-
söker trösta henne. Någon tar fram en kopp rykande te till hen-
ne.

"Det är läkande att gråta och det kommer att gå över", säger
Ida.

"Det lättar faktiskt. Det är så skönt att man kan gråta ut", sä-
ger Gudrun, torkar tårarna och fortsätter:

"Det känns som om Ingemar är här"

Ingemar försöker krama om Gudrun. Hon tar ett djupt andetag
och ler lite.

Gudrun och de andra går in i det stora rummet. De sätter
sig på stolar i en ring. Ida börjar leda deltagarna i en djup
meditation. Hon går noggrant igenom hela kroppen på ett
sätt som någon annan inte har gjort. Gudrun kommer i
en djup avspänning. Hon känner sig tom i huvudet. Ida
försöker leda deltagarna över grönskande ängar, gå ige-
nom träd och gå ner i djupa källare.

Gudrun hänger inte med. Hon känner sig så ensam. Inga
riktigt närstående. Tänk om hon hade haft barn och till
och med barnbarn? Tårarna börjar rinna och hon måste
lämna rummet.

Ingemar ryser för det är kallt och ruggigt på landet. Vinden blåser och det svajar i träden. Vissna löv har lagt sig på singeln. De har hopat sig vid grinden. Gudrun borde komma ut och samla ihop dem i sopsäckar och sedan köra iväg dem till sopstationen. Även stöttorna till fruktträden borde plockas ner och läggas i förrådet. De fyller inte sin funktion längre. Där inne behöver hon bara slå på värmen. Det fixade Ingemar medan han levde. Elementen är inte på och nu borde de vara det. Var är hon? Han hade gärna velat vara med henne här i kväll.

Gudrun fryser när hon skyndar hem från shoppingrundan. Hon borde åka till landet, för där är mycket att göra. Men denna helg skulle hon vara där alldeles ensam. Så blir det mycket besvärligt med elementen. Ingemar har knappt visat henne hur hon skulle göra. Och tänk om det inte går att sätta på dem i mörkret och vara tvungen att sova i ett kallt och mörkt hus. Hon åker dit imorgon. På kvällen när hon sitter i sin varma lägenhet har hon dåligt samvete.

Dagen därpå späs det på när hon ser att hon bara hade behövt slå på värmen.

Ingemar finner Gudrun sittande slumrande i soffan. Han blåser på henne och hon rycker till. Hon tittar på klockan. Idag har hon massvis med tid. Jag måste få henne till att göra något tänker han och drar försiktigt i hennes ben. Gudrun reser sig upp. Hon håller inte reda på något i sitt hem. Ytterkläderna från alla årstider hänger fortfarande i hallen och skåpen är proppfulla med olika sorters prylar. Han puttar lite på henne när hon går mot hallen. Skönt tänker han, nu är hon i alla fall på gång och nu ska hon fullfölja det.

Gudrun upplever det som om en vind tar fatt i henne och för henne till hallen. Det dansar i hennes huvud och det är lätt att röra sig. Snabbt sorterar hon ut sommarjackorna och hänger in dem i garderoben. Nu är det gott om utrymme vid hatthyllan, hon ska kunna ta emot gäster.

Så börjar hon med skåpen. Halsdukar, paraplyer och socker flyger ut. Hon har dubbel uppsättning av mycket.

Längst ner hittar hon något svart, mjukt: handskarna från Ingemar. Hans julklapp. Hon som trodde att hon blivit av med dem på landet. Hon tar dem varsamt till sin kind.

Ingemar vill krama om Hasse sin gamle bridgekompis men vågar inte. Han står där med sin nye bridgepartner. Ingemar hör hur de går igenom bridgedeklarationen. Så susar han bort till den kvinnlige tävlingsledaren.

"Det var länge sen som vi såg Gudrun. Hon borde komma ut lite mer", säger hon.

Ingemar suckar

Dörren öppnas och in kommer Gudrun tillsammans med Marianne som stöder sig på två kryckor.

"Ni får finna er i att jag lägger mig på golvet ibland. Det brukar lätta", säger Marianne.

"Det är snällt att du följer med mig", säger Gudrun.

Ingemar drar de båda kvinnorna närmare varandra.

Gudrun fick en stor klump i magen när Marianne frågade om hon ville följa med. Visste inte om hon var redo för det. De hade följts åt till spelet. Marianne hade gått långsamt och fått ta pauser. I bridgelokalen lättade det för Gudrun.

De börjar att spela. Det är som om Gudrun är styrd av en annan, av Ingemar. De är två i hennes huvud. Gudrun har fjärilar i magen när hon lägger fram buden och när hon är spelförare. Hennes kort dansar på bordet. De andra tittar förvånat på Gudrun.

"Hur fixade du det att spela så bra?"

Det behåller hon för sig själv.

Ingemar känner bilen utan och innan men nu har Gudrun övertagit den. Det är nödvändigt för hon måste köra till ut till fritidshuset. När han köpte bilen gick han igenom hela instruktionsboken och kollade på allt. Regelbundet tvättade han den själv utvändigt och när han inte hade något att göra därhemma så gick han ut till bilen och dammsög den och dammade av. Men vad gör Gudrun med bilen? Den är smutsig både utvändigt och invändigt. Vid tidsomställningen ändrade hon inte på klockan så den går helt fel. Sedan läser hon inte på om ACN utan kör med neddragna rutor.

Gudrun har blivit med bil. Med skräckslagen förtjusning åtar hon sig den. När Ingemar levde lät han henne köra den då och då för då kunde han koppla av och läsa något. Men hon kände sig aldrig helt säker på bilen. Den rädslan sitter kvar. Går bilen fortfarande? Är där inget som exploderar i den?

Hon hittar en mack där de är vänliga och kan hjälpa henne. Där tvättar hon bilen utvändigt och invändigt. Inte så ofta som han men ändå.

Så har hon upptäckt fördelarna med GPS. Via mobilen låter hon sig ofta dirigeras till olika platser. Ingemar använde alltid karta.

Ingemar förstår att de är bekymrade nu när det blivit nytt år och det blivit dags att sälja fritidshuset. För här är det mycket som behöver stylas och även trädgården behöver komma i ordning. En granne till honom ute på landet känner en familj från Stockholm som är intresserade av att köpa hans hus. Det får de gärna göra för de verkar vara trevliga. Med dem ska han komma överens med när han går igen här ute.

Gudrun ska ta emot dem och visa dem allt. Just innan tar han en tur dit och blåser in lite goda energier i huset.

Gudrun har inte hunnit styla huset men det gör inget för aspiranterna till huset är verkligt intresserade av att veta vem säljarna är. De bryr sig varken om Ingemars alla medaljer eller sydsvenskor. De går runt med öppna händer för att känna på energierna.

"Ah", säger de när de kommer till deras soffgrupp: "Här måste ni ha haft många bra stunder tillsammans."

De har tagit med sig en flaska äppelmust till Gudrun och hon ger dem var sitt av Ingemars äpplen att smaka på. De uppskattar förstås också att huset är så välbehållet och att Ingemar skött om trädgården väl.

Ingemars väsen svajar över en öken i Namibia. Gudrun har åkt
till Afrika. Det hade han aldrig vågat när han levde och varför
blev det inte så? Hon är där med några kompisar och de har det
roligt fast de får åka mycket buss över gropiga vägar.
Hennes hotellrum består av ett tält och hon har slängt sig på
sängen. Imorgon har de möjlighet att köpa stenar vid ett stånd.
Han tycker hon ska köpa en ametist och någon grön sten. Han
låter ljuset brytas så att där kommer lila runda fläckar på väg-
gen inramade av en vacker grön färg.

Gudruns ögon följer fascinerat de lila fläckarna som dan-
sar på väggen. Det tar aldrig slut. De är inramade av
samma gröna färg som hennes badhandduk. Ofta när In-
gemar hade torkat henne brukade han smörja in hennes
rygg.
"Nu är du fin", brukade han säga när han var klar. Nume-
ra smörjer ingen in hennes rygg.
Följande dag kommer de förbi ett stånd med stenar som
invånarna hamrat loss från närliggande berg. De glänser i
alla möjliga färger. Gudrun hittar snabbt en ametist.
Längst bort dras hon till något grönt, en sten i den där
alldeles speciella gröna färgen. Den köper hon.

147

Ingemar tittar ner på kvinnorna i klubblokalen. Gudrun sitter vid kortändan av det avlånga bordet. De går igenom punkterna. Ingemar vill invända för han tycker att de går igenom det ekonomiska för snabbt. Men de verkar ändå få ihop det. Han har inte sett Gudrun agera på det här sättet tidigare. Hon låter ledamöterna komma till tals och hinner ändå med punkterna. Så kommer de till kaffet. Lena bjuder på ostfrallor. Nu blir det utrymme för annat snack. Typiskt fruntimmer tänker Ingemar.
"Bra jobbat", säger de till Gudrun på slutet.
"Ja, jag är ju upplärd av min käre make", säger hon.

Gudrun svänger på armarna till yellow submarine av Beatles. Runt henne står hela gympagänget och gör likaledes. Många är över 80 år och det syns att de gympat i hela sitt liv. Framför sig har de Öresund som idag är slät över vattenytan. Så byter ledaren musik till en häftig rocklåt. De svänger benen fram och tillbaka och försöker hoppa lite. Hjärtat slår och Gudrun andas kraftigt. Så kommer nedvarvningen till Jan Johanssons låt. Andhämtningen blir lugnare när muskler töjs ut

Efteråt bjuder Lena på kaffe och hembakad kanelbulle. De sitter på bänken bredvid varandra och låter solen gassa på dem.

Ingemar tittar ut mot havet i Gudruns nya lägenhet. Sedan
vänder han sig om. De öppna flyttkartongerna står uppradade
på det blanka mörka parkettgolvet. I den nyinköpta svarta läder-
soffan sitter Gudrun. Hon har en turkos jacka i fuskskinn på sig
och pratar i telefon med förlaget som ska trycka hennes bok.
Ingemar inspekterar lägenheten och letar efter sådant som de
hade gemensamt. I köket hittar han den röda termoskannan.
Fotot på dem båda hänger så att Gudrun kan se det från soffan.
Men mycket är nyinköpt. Han känner inte igen sig.
Han tar sats och svävar ut genom fönstret.

Gudrun rycker till och känner efter. Hon är ensam i sin
bubbla. Det har kommit peu en peu: de nya vännerna,
resorna och nu flytten. Men hon har inte känt efter tidiga-
re. Hon tänker på de gångna åren med Ingemar. När de
sågs för första gången. Hon försöka känna efter hur hon
var då. Mycket har förändrats. Hon sträcker på sig, skic-
kar iväg sitt manus till förlaget med ett tryck på tangent-
bordet. Hon pustar ut och tittar ut över havet som är
lugnt och stilla. Hon reser sig upp och ger sig själv en
kram.

Ulla Linse är leg sjukgymnast. Hon har gått på åtskilliga skrivarkurser, bland annat på skrivarlinjen på Malmö Folkhögskola 2017-2018. Hon debuterade med boken Mor och dotter - två öden 2021. Hon har hemsidan www.ullalinseslitteratur.se

(Foto Karin Karl-Eriksdotter)